大家小书

中国文学1949—1989

洪子诚 著

北京出版集团公司
北京出版社

图书在版编目（CIP）数据

中国文学 1949—1989 / 洪子诚著. — 北京 ：北京出版社, 2020.1
（大家小书）
ISBN 978-7-200-15123-7

Ⅰ. ①中… Ⅱ. ①洪… Ⅲ. ①中国文学—当代文学—文学史—1949-1989 Ⅳ. ① I209.7

中国版本图书馆 CIP 数据核字（2019）第 193309 号

总 策 划：安 东 高立志　　责任编辑：王忠波 白 雪

·大家小书·
中国文学 1949—1989
ZHONGGUOWENXUE 1949—1989
洪子诚 著

出　版	北京出版集团公司 北京出版社
地　址	北京北三环中路 6 号
邮　编	100120
网　址	www.bph.com.cn
总 发 行	北京出版集团公司
印　刷	北京华联印刷有限公司
经　销	新华书店
开　本	880 毫米 ×1230 毫米 1/32
印　张	9.125
字　数	142 千字
版　次	2020 年 1 月第 1 版
印　次	2023 年 2 月第 3 次印刷
书　号	ISBN 978-7-200-15123-7
定　价	48.00 元

如有印装质量问题，由本社负责调换
质量监督电话 010-58572393

总　序

袁行霈

“大家小书”，是一个很俏皮的名称。此所谓“大家”，包括两方面的含义：一、书的作者是大家；二、书是写给大家看的，是大家的读物。所谓“小书”者，只是就其篇幅而言，篇幅显得小一些罢了。若论学术性则不但不轻，有些倒是相当重。其实，篇幅大小也是相对的，一部书十万字，在今天的印刷条件下，似乎算小书，若在老子、孔子的时代，又何尝就小呢？

编辑这套丛书，有一个用意就是节省读者的时间，让读者在较短的时间内获得较多的知识。在信息爆炸的时代，人们要学的东西太多了。补习，遂成为经常的需要。如果不善于补习，东抓一把，西抓一把，今天补这，明天补那，效果未必很好。如果把读书当成吃补药，还会失去读书时应有的那份从容和快乐。这套丛书每本的篇幅都小，读者即使细细地阅读慢慢地体味，也花不了多少时间，可以充分享受读书的乐趣。如果把它们当成补药来吃也行，剂量小，吃起来方便，消化起来也容易。

我们还有一个用意，就是想做一点文化积累的工作。把那些经过时间考验的、读者认同的著作，搜集到一起印刷出版，使之不至于泯没。有些书曾经畅销一时，但现在已经不容易得到；有些书当时或许没有引起很多人注意，但时间证明它们价值不菲。这两类书都需要挖掘出来，让它们重现光芒。科技类的图书偏重实用，一过时就不会有太多读者了，除了研究科技史的人还要用到之外。人文科学则不然，有许多书是常读常新的。然而，这套丛书也不都是旧书的重版，我们也想请一些著名的学者新写一些学术性和普及性兼备的小书，以满足读者日益增长的需求。

“大家小书”的开本不大，读者可以揣进衣兜里，随时随地掏出来读上几页。在路边等人的时候，在排队买戏票的时候，在车上、在公园里，都可以读。这样的读者多了，会为社会增添一些文化的色彩和学习的气氛，岂不是一件好事吗？

“大家小书”出版在即，出版社同志命我撰序说明原委。既然这套丛书标示书之小，序言当然也应以短小为宜。该说的都说了，就此搁笔吧。

再版说明

这本书原来的名字叫《中国当代文学概说》，1997年由香港青文书屋出版。2000年，广西教育出版社出版大陆简体字版，将其与另外几篇论文一起辑录为《当代文学概说》一书。2010年，北京大学出版社出版“洪子诚学术作品集”八种，《中国当代文学概说》是其中的一种。2010年的版本，相比初版，基本内容、框架并无不同，但有些文字、章节标题做了改动，所以称为“修订版”。这次收入北京出版社“大家小书”系列，依据的是2010年的修订版。出版社鉴于“概说”“概观”等书名流行且容易混淆，建议书名改为《中国文学1949—1989》。要特别说明的是，这不是一本新书，是2010年《概说》修订版的再版。现在看来，这本小书存在的问题多多，肤浅疏漏等缺陷显而易见，但因为是历史陈迹，仍保留原样不做改动。

洪子诚　2019年7月

2010年“洪子诚学术作品集”修订版自序

《中国当代文学概说》由香港青文书屋初版于1997年6月。1999年，应主编“现代中国文学研究书系 第一辑”的陈思和、王晓明先生之邀，我将《概说》做了少量修订，并与另外三篇文章合在一起，编为《当代文学概说》，作为“书系”的一种，由广西教育出版社于2000年7月出版。

广西教育版的《当代文学概说》一书的序言（写于1999年12月），曾有一个段落讲到它的写作、出版的经过，现在摘录在下面：

> 《中国当代文学概说》由一份讲稿整理而成。1991 年到 1993 年间，我应聘到日本东京大学教养学部任教，课程之一是“中国当代文学”的专题课。听讲者有本科生，也有比较文学、地域文化的研究生。他们中的有些人读过一些中国当代作家作品，但普遍对 50 年代以来中国大陆文学的面貌缺乏整体印象。当时的设想，是对这些于这一领域知之不多的听者，简略而又较完整地介绍这一时期中国大

陆文学状况。因此，我比较注意选择能显示文学时期特征的那些问题。另外，限于时间和听者的中文程度，对于涉及的题目，一般只做简要的提示，而较少论析性地展开。因为讲课是在90年代初，故处理的材料大体上也截止于80年代末。讲课时，并没有将讲稿整理成书的打算。但是，课程快结束的时候，教养学部的一位先生告诉我，日本还没有这样性质的评述中国当代文学的书，希望我能够整理出来，由他们翻译成日文出版，以为教学上的参考，并说已联系好出版社。于是，在离开东京之前的几个月里，我利用课余时间，整理、修改讲稿，查找、核对材料，抄写誊清，将稿子留下。回到北京之后又重读一遍，有许多不满意之处，又再一次修改，并交去新的修改稿。然而，书稿从此就“石沉”于那边的大海，始终得不到什么音讯。后来，与一位朋友谈到这件事，她说可以拿到香港试试。终于在1997年夏天，由香港青文书屋印出。出乎意料的是，这本小书得到一些人的好评。我想，那大抵是在“当代文学史”已有二三十部的时候，觉得它还能读得下去的缘故吧。这部书的印数不多，不久也就售罄。这次算是它的“再版”。在收入书时，另外需要说明的一点是，为了我任职的学校教学上的需要，我编写的《中国当代文学史》教材已于1999年9月出版，其中有些部分与《中国当代文学概说》有重合之处。教材的篇幅比《中国当代文学概说》增加近三倍，按说应较为“丰厚”而有分量了。然而我觉得还是这本不足15万字的小书稍有可取之处。多年来的经验告诉我，有些事情其实并不需要说很多的话；有时，说得越多就越糊涂，还会把点滴的“意思”稀释得不见踪影。

上面说到的帮我联系香港青文的“一位朋友”是当年在北大中文系读博士、现在任职于香港岭南大学的陈顺馨。青文书屋在香港并不是什么有名的出版社，它在湾仔庄士敦道一个楼房的三楼，我曾经沿着狭窄的楼梯到过这家“书屋”，看到并不宽敞的空间里摆满新旧的中文、英文的著作。它主要出售文化、社科学术著作，自己也出版一些书刊。经营者罗志华是个读书人，于学术文化的传播、出版感情深厚，将自己的精力都投在这上面。最近，听说今年初他不幸猝死，被倒塌的书架压在书堆之中。

《概说》这次收入“学术作品集”，依据的是广西教育2000年7月的本子，但仍有个别字句的修订。

洪子诚　2008年11月

目录

001 / 前言：分期与方法

上编 50—70 年代

011 / 第一章 毛泽东的文学主张和文学政策
029 / 第二章 规范与控制
043 / 第三章 作家的状况
062 / 第四章 矛盾与冲突
096 / 第五章 创作状况与总体风格
112 / 第六章 “非主流”文学

下　编　80年代

125　/　第七章　80年代的文学环境

141　/　第八章　80年代文学的特征

160　/　第九章　历史创伤的证言

186　/　第十章　新诗潮

217　/　第十一章　文学“寻根”与精神重建

235　/　第十二章　女作家和“女性文学”

251　/　第十三章　80年代后期的文学概况

前言：分期与方法

本书将归纳若干问题，对20世纪50年代到80年代的中国文学（指中国大陆部分的文学，下同）做概略的评述。

谈到“中国当代文学”，首先要回答下面的两个问题。第一，什么叫中国“当代文学”？第二，以何种视角、主要运用何种方法加以评述。前者指的是对象的确定，后者则是问题评述、归纳的依据。

一　关于“中国当代文学”的提法

在中国大陆，当代文学的提法最早出现在50年代后期，普遍流行则是70年代末以后。它指的是始于1949年至1989年的中国文学，或者说，是中华人民共和国成立以后的文学。五六十年代，中国文学界在谈到这一时期的文学时，较少采用当代文学的说法，一般是将它看作中国现代文学的延续（一部分），或称为“新中国文学”[①]。在50年代后期，有的大学曾编著过《中国当代文学史》和《中华人民共和国文学史》（后者未正式出版）。1976年“文化大革命”结束以后，由于自1949年以来的文学已有三十年时间，考虑到这个时期的文学有独立地加以总结、研究的必要，当代文学作为一个相对独立的文学时期的这一理解，逐渐为许多人所接受。目前，出版的各种“当代文学史”的著作、教科书，已有二三十种之多[②]。在各文学研究机构和大学文学系，中国现代文学和当代文学也成为相对独立的研究对象。这都说明这一提法被普遍认可，当代文学也被认为是中国文学研究中的一个独立的分支学科。

不过，这并非说已不存在问题。中国大陆以外的研究中国文学的学者，会被诸如近代、现代、当代这些概念的运用搞糊涂。他们对这些概念内涵的理解，肯定也与中国学者的习惯用

---

① 王瑶出版于50年代初的《新中国文学史稿》，写到新中国成立后的文学现象。60年代初，中国科学院文学研究所曾编写《十年来的新中国文学》（作家出版社1963年11月试印本）。

② 比较重要的有朱寨主编的《中国当代文学思潮史》（人民文学出版社1987年版）、冯刚等编写的《中国当代文学史初稿（上、下）》（人民文学出版社1980年版）、华中师范大学《中国当代文学》编写组的《中国当代文学》（三卷本，上海文艺出版社分别出版于1983年、1984年、1989年）、张钟等的《当代中国文学概观》（北京大学出版社1986年版）等。

法不一致。对这一概念（连同它所标示的文学分期方法）提出异议的中国学者，他们的疑问则是：以某一政治事件（1949年新的政权的建立）作为文学分期的依据理由是否充分？“当代”文学，是“历史”，还是“现状”？“当代”与“史”是否存在语义上的矛盾？如果是不断变化、离稳定状态尚远的文学现象，将它看作一个确定的文学时期是否有道理？

其实，更重要的分歧，存在于文学分期所依据的“视角”上。坚持将“当代文学”与“现代文学”并举的人们中，相当一部分人持这样的观点：1949年以前的中国文学，其基本内容是“新民主主义的范畴”；而1949年以后，中国社会的“整个性质”已变为“社会主义”，文学的“性质”也发生“根本性”转变，即已成为“以共产主义思想为核心的社会主义文学”。[①] 对这几十年的中国文学“基本内容”的这种概括是否合乎事实，是疑问之一。另外，以“经济基础—上层建筑”对应的理论，从政治意识形态的视角作为文学分期的根据，其合理性和有效性，也还是个值得讨论的问题。

上面，我虽然谈到对“当代文学”这一提法及其分期依据

---

① 这是许多“当代文学史”编写的基本指导思想。参见《中国当代文学史初稿》《中国当代文学》等书的《绪论》《前言》。

的疑问，不过在这本书里，也仍采用“当代文学”这一概念。这是为了照顾目前的习惯和文学研究的基本格局。不过，在概念的内涵上，我与另外一些研究者的理解可能不完全一致。在目前，我同意这样的看法[①]：中国文学从19世纪末（戊戌变法前后）开始，酝酿、发生新的转变，即从“古典”向着“新”文学的转变。这种转变，涉及文学观念、文学创作内容、主题、艺术方法等方面。这一酝酿，到五四新文化运动期间产生“质”的飞跃。由此，中国文学进入了“新文学”或“现代文学”的时期。20世纪的中国，处在社会经济、政治、思想观念、行为方式的巨大转变过程之中，“现代化”是物质和精神领域的总题目，文学也由此形成某种统一的特征。将20世纪的中国文学看作一个“不可分割的有机整体”来把握，是有充分的理由的。

20世纪的中国文学虽然有其统一特征，但是，也不能忽视在其发展过程中的丰富性、复杂性。一个值得注意的现象是，各种文学主张、流派和文学规范的冲突、融合、消长对中国现

① 较早从整体上把握时代、文学及两者关系，并提出对20世纪中国文学的这一基本理解的，是黄子平、陈平原、钱理群的《论“二十世纪中国文学”》（《文学评论》1985年第5期）。

代文学产生了影响。其中，“左翼文学”（或“革命文学”）如何经过1942年延安文艺整风的“改造”，成为50年代至70年代中国大陆唯一的文学规范，是考察20世纪中国文学需要着重关注的问题之一。左翼文学在30年代已占据重要地位，在40年代初中国共产党统治的区域，它演变为毛泽东的“工农兵文学”的形态。这种文学形态及相应的文学规范（文学的“方向”“路线”，文学创作、流通、阅读的规则等），在50年代至70年代，凭借其影响力，更凭借政治控制的力量，而成为中国大陆文学唯一可以合法存在的形态和规范。只是到了80年代，由于一个时代（毛泽东时代）的结束，这种一元的文学格局才发生了变化，而展现出在新的历史条件下文学变革的发展前景。

基于对20世纪中国文学基本状况的这一理解，即对某种取得支配地位的“文学规范”的性质及其演变的把握，我把50年代以后的中国文学称为“当代文学”，其内涵和根据是：“左翼文学”的“工农兵文学”形态，虽说在40年代初期的延安时期就已诞生，但成为支配地位的文学规范，则要到中国共产党成为大陆执政党之后。因此，从50年代到80年代的“当代文学”，也可以称为毛泽东的“工农兵文学”建立起绝对支配地位，以及这一地位受到挑战而削弱的文学时期。“削弱”是从“文化大革命”结束之后开始的。这是本书对“当代文学”含义的理解。因此，在评述50年代以后的中国文学时，将划分为上编和下编两个部分。上编主要描述这一特定的文学规范如何取得绝对的支配地位，以及这一文学形态的基本特征；下编，则揭示这种支配地位在80年代的崩溃，以及中国作家“重建”多元的文学格局所做的艰苦努力。

二　视角与方法

本书在处理、“重建”这四十年的文学材料、现象时，将侧重从“文学—社会”的角度进行，即更多注意文学变迁（包括内部特征的变易）与社会生活诸因素的关联。在具体章节安排上，不采用目前大多数“当代文学史”的作家作品论组合的方式。这是因为，第一，以作家作品的个别评述为主要内容的当代文学史著作已出版许多，虽然取舍、评价有所不同，但总体结构、基本观点和评述方法大体相近。第二，“当代文学”这四十年间，虽然出现一些重要的作家、作品，尤其是80年代文学有令人瞩目的成绩，但是总的看来，成绩较为有限，特别是50年代到70年代这个阶段。对作家、作品进行全面深入的筛选、重估的工作，已经提上日程。第三，制约这四十年文学变迁的因素是复杂的。一方面是中国当代作家自身的素质、修养、文化心理等，另一方面是外部力量，包括政治、经济、文化的制度性力量的控制、冲击。后者是影响当代文学发展路向，以及文学题材、主题、艺术形式的最主要的因素。

这样，《中国文学1949—1989》将侧重描述文学现象的出现、变迁的过程，并讨论带有文学“思潮”性质的重要问题，追寻这种种现象产生的背景。“背景”的因素，在本书中将不仅指政治方面，也初步考虑到影响文学创作、流通、阅读的经济、社会文化、社会心理的条件。如上所述，这四十年的文学历史，是毛泽东的文学规范从绝对支配到削弱的过程。因此，以“文化大革命”的结束为界，评述的重点也会有一些调整。在上编，除文学思潮、文学创作的形态外，主要是了解外部条件的制约和影响。在下编，主要是考察控制削弱之后，在更复杂的社会背景中，作家心理素质和文化性格的状态，以及这种性格、心理状态对中国文学的影响。当中国当代作家开始获得比较“自由”的写作环境，来表达他们自身、他们对世界的体验时，他们的思想性格、心理情感的潜在特征，得到前所未有的释放；他们这方面的弱点，也得到彰显。这种情况，决定性地影响了中国文学的既让人欣喜又叫人忧虑的现状和前景。

上编 50—70年代

第一章　毛泽东的文学主张和文学政策

1949年7月在北平（现在的北京）召开的第一次中华全国文学艺术工作者代表大会（简称“第一次文代会”[①]）和10月中华人民共和国的成立，通常被看作是当代文学的开端。从这时开始，毛泽东的文学主张，以及由此而制定的文学政策，便不仅在中国的局部区域，而且在中国大陆范围内，被确立为中国文学的路线、方针、政策。毛泽东1942年的《在延安文艺座谈会上的讲话》（下称《讲话》），成为中国文学必须遵循的“纲领性”文件。考察当代文学的基本状况，自然无法离开对毛泽东文学主张、政策的了解。

---

① 全国文代会到70年代末共召开四次。第二次是1953年9月—10月，第三次是1960年7月—8月，第四次是1979年10月—11月。

一　毛泽东文学主张提出的背景

毛泽东文学主张，在很大程度上是对现实紧迫问题（尤其是社会政治实践问题）所做出的回答。他有关文艺的论述，不是或明或暗地包含着政治含意，就是直接地为着达到某种政治目的。在《讲话》中他明确提出，“我们讨论问题，应当从实际出发，不是从定义出发”，要从分析“客观事实”中“找出方针、政策、办法来”。[①] 在他所列举的“现在的事实”中，包括当时的抗日战争、中共领导的革命事业，以及文艺运动对战争和革命的配合。毛泽东是十分确定地从政治任务的要求上来看待文学的。19世纪以来，中国建立一个现代国家所面临的重大问题，以及毛泽东领导的革命所面临的问题，是他考虑文艺方针、政策的出发点。

毛泽东在《讲话》中，把自己称为“马克思主义者”，一般也认为，他的主张是马克思主义文学理论的组成部分，或对

---

① 毛泽东：《在延安文艺座谈会上的讲话》，《毛泽东选集》（一卷本），人民出版社1966年版，第854、855页。本书后面引录《讲话》文字，不再注明出处。

这种理论的“发展”。中国的左翼文学理论家，通常把马克思主义文艺理论看成统一的整体。1944年3月，周扬在延安编辑的《马克思主义与文艺》一书，选辑了马克思、恩格斯、普列汉诺夫、列宁、斯大林、高尔基、鲁迅、毛泽东的有关文艺的若干问题的论述。[①] 这种后来一直沿袭的编辑方法，建立在“认为他们在文学问题的重要观点上是一致的”这种看法的基础上。实际情形是，马克思主义创始人的文学主张，在后来的传播、接受、实践的过程中，因民族、国家、政治文化背景等的差异，而出现不同的派别、“路线”，这些不同派别，常发生激烈的冲突、争论。它们在论争的过程中，都声称自己真正体现了马克思主义的精髓。其实，其分歧往往是各自强调这一理论的某一侧面，或面对现实问题，对马克思、恩格斯文艺观点中存在的矛盾加以展开，按自身的立场重新予以阐释。在苏联，列宁、斯大林与托洛茨基在文学问题上的冲突；在东欧，卢卡契与布莱希特的论争；在中国，周扬与胡风、冯雪峰文学主张上的矛盾，以及毛泽东晚年所支持的文艺激进派对周扬等的攻击，都是著名的实例。

---

① 周扬在这本书的《序言》中，最早表述了毛泽东文艺思想是马克思主义文艺观的继承和发展的看法，指出《讲话》“最正确、最深刻、最完全地从根本上解决了文艺为群众与如何为群众的问题”。

因而，在了解毛泽东的文学主张时，注意他对马克思主义创始人的观点在接受上的重点，以及进行怎样的“改造”，就十分必要。一个重要的例子是，1931年至1933年间，苏联共产主义学院的刊物《文学遗产》，首次公开披露了马克思、恩格斯有关文学问题的一组信件。① 这些信件的中文摘译，40年代初延安的《解放日报》上也有刊载。然而，这并没有引起毛泽东的注意。在《讲话》中，他所着重引述的，是当时译载于《解放日报》上的列宁的《党的组织和党的文学》② 等文章。他在《讲话》中强调地引用了列宁关于文学艺术事业应成为整个“革命机器”中的“齿轮和螺丝钉”的论述，却没有涉及马克思、恩格斯有关作家世界观与创作方法、作品的倾向性与艺术性矛盾等问题，也没有更多注意列宁在同一文章中对于艺术规律的如下表述：“文学事业中最少能忍受机械平均、水准化、少数服从多数”，文学事业“无条件地必须保证个人创造性、个人爱好底广大原野，思想与幻想，形式与内容的原

---

① 指马克思、恩格斯于1859年分别致斐·拉萨尔（F. Lassalle）的信，恩格斯1885年致敏·考茨基（M. Kautsky）和1888年致玛·哈克纳斯（M. Harkness）的信。

② 列宁的这篇文章中文译本在80年代初曾重新翻译、校订，篇名改为《党的组织和党的出版物》。下面的引文，据1941年延安报刊上的译文。

野”。毛泽东的这种引述在很大程度上取消了马克思、恩格斯、列宁文艺观中的这一重要矛盾。在考察毛泽东对马克思主义文学理论、政策的“接受”上，与斯大林—日丹诺夫（A. Zhdanov）三四十年代在苏联所实行的文艺路线①的关系，也是值得注意的一个方面。五六十年代，他对中国文艺界的控制所使用的某些方式，显然是斯大林—日丹诺夫路线的重演。不过，他在50年代中期以后，也表现了明显地背离苏联路线的独立性的立场。

毛泽东的文学主张，在渊源上又与中国传统文化有密切关系，这应该说是他对马克思主义文学理论所做的有“中国特色”的改造。在中国古代文学思想中，也存在着更重视创作的想象力、直觉、灵感、表达方式的派别，这在曹丕、陆机、刘勰等人的文论中都有鲜明体现，有的研究者曾把这种观点称为“道家”文学观。但是，在中国文学传统中，居主导地位的是儒家的观点，即强调文学的社会功能，强调“文以载道”，文学的“经夫妇，成孝敬，厚人伦，美教化，移风俗”的社会功利作用。毛泽东文学主张所使用的概念和表达方式，自然与

---

① 第二次世界大战后，日丹诺夫主持苏联文化工作，对文化领域采取更严格控制的政策，并开展从苏联文化中消除西方影响的反对“世界主义”的运动。

传统儒家的文论有别，但在将文学当作社会政治教义的载体，突出文学的社会政治功能方面，却是一脉相承的。另外，毛泽东的文学主张，也渗透进中国农民文化的价值观念和心理内容，这就是一种更为“切近”的功利欲求。这导致在当代中国，文学与现实生活事件、与具体的政治活动的关系更为直接，更重视文学的现时性的社会效应。

在中国，毛泽东也被当作一个卓越的诗人。他的文学活动、兴趣，与他的文学主张、政策之间，存在复杂的关系。他写的诗、词，有些是政治概念、情绪的图解（特别是晚年的作品），但确有一些表现了他作为诗人的气质与修养。他对中国古典小说，如《聊斋》《水浒》《红楼梦》的阅读，所持的基本上是现代阶级、政治的视角。但是，谈到古代诗词，他却不喜欢杜甫（按其文学主张推论，他应给杜甫更高的评价），而喜欢较少政治“功利”目的的“三李”（李白、李贺、李商隐）的诗作。他自己写古诗，也看不起五四以后的中国新诗，却又主张古体诗不应在青年中提倡。他主张“洋为中用”，却对外国文学艺术了解不多。而当他主张民族特色的时候，他的着眼点更多的是民间的戏曲、民歌等艺术样式。他个人在文艺上的修养、兴趣，既受制于他文学主张的总体，也对他的文学观点和政策产生影响。

二　建立“新文化”的顽强努力

毛泽东接受了马克思有关经济基础与上层建筑关系的理论，并把它作为考虑文学问题的出发点。马克思在1859年的《政治经济学批判·序言》中做出一定的“经济基础”决定“上层建筑”的性质、状况的论述。在《矛盾论》《新民主主义论》《讲话》等著作中，毛泽东都从这一命题出发来讨论中国文化（文学）问题。他把文学艺术看作是“意识形态”的上层建筑。他指出，“中华民族的旧政治和旧经济，乃是中华民族的旧文化的根据；而中华民族的新政治和新经济，乃是中华民族的新文化的根据”。[①]

毛泽东认为，随着中国出现新的经济基础和新的政治制度，也必然要建立、出现新的文化、新的文学艺术。从30年代开始，他就从不同角度为将要创建的新文化（文学）命名，以及提出可供遵循的目标。如“革命的民族文化”“民族的形式，新民主主义的内容”，如“新鲜活泼的、为中国

① 毛泽东：《新民主主义论》，《毛泽东选集》（一卷本），人民出版社1966年版，第656—657页。

老百姓所喜闻乐见的中国作风和中国气派”，如为工农兵的文艺，以及1958年提出的革命现实主义与革命浪漫主义相结合的创作方法等。

为着这种新文化（文学）的建立，毛泽东发动、领导了一系列的批判运动，以批判“旧文化（文学）”及其理论基础和代表人物，为新文学的出现清理地基。[1]他领导了1942年著名的延安文艺整风运动，在五六十年代，发起了批判电影《武训传》，批判俞平伯的《红楼梦研究》和胡适的政治、哲学、文学思想，发起批判胡风“反革命集团”，批判文艺界的“资产阶级右派”，直至在60年代中期开始发动了长达十年的“文化大革命”。

毛泽东创立新文化的构想首先要处理的问题，是对待“文化遗产”的态度。从理论上说，他认为这种新文化不可能与人类历史的精神产品割断联系。他在《新民主主义论》中提出，“应该大量吸收外国的进步文化，作为自己文化食粮的原料”；认为不能割断历史，对中国“灿烂的古代文化”要加

---

① 毛泽东认为，“新文化”与“旧文化”之间的斗争，是“不破不立，不塞不流，不止不行，它们之间的斗争是生死斗争”。参见《新民主主义论》，《毛泽东选集》（一卷本），第688页。

以清理，这是“发展民族新文化，提高民族自信心的必要条件”。《讲话》中也指出，“必须继承一切优秀的文学艺术遗产”，“作为我们以此时此地的人民生活中的文学艺术原料创造作品时候的借鉴”，而“决不可拒绝继承和借鉴古人和外国人”。当然，他依据列宁的“两种文化”的理论，在如何继承上做出重要的限定，指出对遗产要“剔除其封建性糟粕，吸收其民主性的精华”，要分清“古代封建统治阶级的一切腐朽的东西”与“优秀的人民文化”，并将这些限定概括为“批判地”继承、吸收这一命题。不过，如果观察毛泽东从40年代到70年代中期所实施的文化政策，情况又有很大不同。40年代他对鲁迅艺术学院“关门提高”的严厉批评，1958年他将民歌确定为新诗发展方向，“文化大革命”期间对所谓“旧文化”的摧毁性抨击，这些都明白无误地表明，在“新文化”与过去各个时代文化的关系上，他强调的并非“继承”，而是变革：在实质上是拒绝这之间的连续性，将割裂看得更为重要，尤其是与外国文化的关系上。在这方面，他信奉的是一种持续不断的“文化革命”的必要性。

“新文化（文学）”靠什么样的人来建立，这是要处理的另一难题。与对于文化“遗产”的偏向于割裂的态度相联系，毛泽东对主要接受封建主义、资产阶级教育的知识分子也持怀疑的态度。在五六十年代，他们被称为“旧社会过来的”知识分子、“旧知识分子”、“资产阶级知识分子”。这使毛泽东转而努力培养自己的“文学队伍”，把从工农兵中发现、培养作家作为一项重要的战略任务。但是，他后来发现，新中国学校培养的知识分子，大多数仍然没能解决世界观问题，需要由工农兵对他们进行“再教育”。而工农兵的“人民”，正如葛兰西[①]所言，他们并非一张白纸，即使他们没有很高“文化”（狭义的）水准，也受本国文化的熏陶。况且，虽然毛泽东鼓励要解放思想，敢说敢干，宣称“卑贱者最聪明，高贵者最愚蠢”，但文学创造毕竟是一项复杂的精神劳动，靠主观愿望并不一定能取得成效。

这样，在提出建立“新文化（文学）”三十年之后，毛泽东及中国文化革命的激进派们发现，他们仍然无法列举一批表现这种新文学特征的作家和作品。他们只好亲自领导参与制作“无产阶级文艺”的“样板”，来作为文艺创造的示范。这看来是一种壮举，却多少蕴含悲凉的意味。

---

① 葛兰西（A. Gramsci），意大利共产党创始者、领导者之一。

三　关于文学的“功能”

“功能”在这里指的是文学的社会效用。对文学的功能的理解，是毛泽东文学主张的基本点或核心。建立所谓“新文学”，目的正是为了在现实社会生活和政治关系中，发挥文学的社会、政治效用。

在《讲话》中毛泽东开宗明义地说：“在我们为中国人民解放的斗争中……有文武两个战线，这就是文化战线和军事战线。”他认为，仅依靠“手里拿枪的军队”是不够的，还要有“团结自己、战胜敌人”的“必不可少”的文化军队。毛泽东不承认具有独立品格和地位的文学的存在，而肯定地宣言：“在现在世界上，一切文化或文学艺术都是属于一定的阶级，属于一定的政治路线的。为艺术的艺术，超阶级的艺术，和政治并行或互相独立的艺术，实际上是不存在的。”他并认为，“党的文艺工作”，“是服从党在一定革命时期内所规定的革命任务的”。因此，他必然要抨击像托洛茨基那样的“艺术必须按照自己的方式发展，走自己道路”的观点，称这是一种“二元论或多元论”。在毛泽东文学主张中，文学与政治的关系已被极大地简化：政治是文学的目的，而文学则是政治力量为达到自身目标可能选择的手段之一。这样，从40年代的“解放区文学”开始，中国文学创作、文学运动，不仅要求在总的方向上与现实的政治形势、政治任务相一致，而且在组织上，在具体工作步调上，要求与政治的完全结合。

文学“从属”政治并反过来“影响”政治的观点，不仅为文学规定了“写什么”（题材、作品思想倾向），而且规定了“怎么写”（方法、形式、艺术风格）。从这基本点出发，中国当代文学在其实践过程中（特别是50—70年代），便派生出有关作家思想改造、文学表现对象、作家立场与态度、文学形式与风格、文学批评标准等一系列问题。如规定作家要学习马克思主义，深入生活以改造世界观；必须“赶任务”（一个时期的政治任务）；必须主要写新英雄人物和工农兵生活；必须主要写“光明面”，“以歌颂为主”；作品必须反映历史发展的“客观规律”；风格与形式必须易懂、大众化，反对朦胧与晦涩；作品基调必须乐观明朗；文学批评则必须坚持“政治标准第一，艺术标准第二”……

马克思、恩格斯在文学与政治任务、艺术性与政治倾向性、作家创作方法与世界观之间关系的复杂性面前所表现的犹豫、矛盾，他们在考虑这些问题时多少想维护文学特殊性的倾向，在毛泽东这里，已被极大地“消解”了。

对文学功能的这种理解，更重要、更直接的后果，是政治权力有理由对文学实行直接而严格的控制。与托洛茨基的“艺术领域并不是要求党去发号施令的场所”，“党能够而且必须保护和赞助艺术，但只能间接地领导艺术”的看法不同，毛泽东的思想和实践坚持认为，人们的一切，包括思想、感情、个人生活，都必须置于“领导”之下，文学更不能例外。这种领导、控制，将所有作家纳入一定的组织系统之中，并为所有的文学活动提出应加以遵守的“规范”。

四　文学创造的性质

毛泽东虽然坚定地要求文学成为无产阶级政治斗争的“武器”，但也认为这种“武器”不应该是粗劣的，而应该有较多的艺术性。“缺乏艺术性的艺术品，无论政治上怎样进步，也是没有力量的。”因此，在反对政治观点错误的艺术品的同时，“也反对只有正确的政治观点而没有艺术力量的所谓‘标语口号式’的倾向”。不过，对于究竟什么是艺术性，如何判断艺术性的高低，以及文学的特质、规律，即文学“本体”范围的问题，《讲话》以及毛泽东其他有关文艺的著作中，都没有多少认真的论述。毛泽东指出，提倡作家学习唯物辩证法，但不是要以此代替文学创作方法。不过，同样地，对文学创造的性质，他也没有试图具体加以说明。

从文学服务于政治的这一要求出发，毛泽东显然不愿意将文学创作神秘化。他强调作家的思想立场、世界观的重要性，同时也强调“生活”在创作中的重要地位。他认为，过去的文学作品是“流”，而社会生活才是创作的“惟一的源泉”。在《讲话》的整体表述中，“社会生活”在创作中的重要性被充分地强调，以至于文学创作大体上被视为作家对“生活”原料的模仿或加工。如果比较《讲话》的不同版本①，也许能从中看到这一思想线索。下面，以1954年人民出版社出版的《毛泽东选集》第三卷中的《讲话》（A），与1948年东北书店版《毛泽东选集》中的《讲话》（B）的某些段落加以比较。

> （A）……作为观念形态的文艺作品，都是一定的社会生活在人类头脑中的反映的产物。革命的文艺，则是人民生活在革命作家头脑中的反映的产物。人民生活中本来

① 《讲话》的不同版本，主要有三种类型。（1）延安文艺座谈会后在根据地流传的内部印发的本子。（2）1943年10月19日正式刊载于《解放日报》的本子。（3）1954年《毛泽东选集》第三卷（人民出版社）的本子。最后一种被认为是“定本”。

存在着文学艺术原料的矿藏，这是自然形态的东西，是粗糙的东西，但也是最生动、最丰富、最基本的东西；在这点上说，它们使一切文学艺术相形见绌，它们是一切文学艺术的取之不尽、用之不竭的惟一源泉。

（B）……无论是哪一等级的作为观念形态的文艺作品，都是人民生活在人类头脑中的反映和加工的结果，革命的文艺，则是人民生活在革命作家头脑中的反映和加工的结果。人民生活中本来存在着文学艺术矿藏……它们使一切加工形态的文学艺术相形见绌；它们是一切加工形态的文学艺术的取之不尽、用之不竭的惟一源泉。

（A）……我们必须继承一切优秀的文学艺术遗产，批判地吸收其中一切有益的东西，作为我们从此时此地的人民生活中的文学艺术原料创造作品时候的借鉴。

（B）……我们必须批判吸收这些东西……作为我们从此时此地的人民生活中的文学艺术加工成为观念形态上的文学艺术作品时候的借鉴。

（A）（中国革命的文学艺术家）必须长期地无条件地全心全意地到工农兵群众中去……观察、体验、研究、分析一切人，一切阶级，一切群众，一切文学和艺术的原始材料，然后才有可能进入创作过程，否则你的劳动就没有对象……

（B）……（分析）一切生动的生活形式和斗争形式，一切自然形态的文学和艺术，然后才有可能进入加工过程即创作过程，这样地把原料与生产，把研究过程与创作过程统一起来。否则你的劳动就没有对象，没有原料或半制品，你就无从加工……

（A）普及的东西比较简单浅显，因此也比较容易为目前广大人民群众所迅速接受。高级的作品比较细致，因此也比较难于生产……

（B）普及的文艺是指加工较少、较粗糙，因此也较易为目前广大人民群众所迅速接受的东西，而提高的文艺则指加工较多、较细致，因而也较难……

在1948年版的《讲话》中，毛泽东将“社会生活”称为“自然形态的文艺”，有时又称为“原料”或“半制品”，将创作过程称为对原料、半制品的“加工”过程。到50年代《毛泽东选集》中，删去了这些词语，用“创造”来取代“加工”。但是，很难说已改变对文学创作性质的这种看法。工匠式的“加工”，固然也可能创造出艺术价值很高的作品，但是，在多数情况下，“加工”与艺术创造的区别，是表达一种稳定的、普遍性观念与表现不可重复的独创性的区别，是创作过程中对直觉、情感、想象和形式感的重视程度的区别。

毛泽东虽然十分重视“社会生活”的重要性，把“深入生活”、掌握“原料”当作“有出息”的作家的首要条件。但是，他也会感觉到文学创作如果只是对生活的摹写或加工，那并不能使文学产生有力的政治“武器”的作用。因而，在《讲话》中便有这段著名的论述：社会生活和文学艺术“虽然两者都是美，但是文艺作品中反映出来的生活却可以而且应该比普通的实际生活更高，更强烈，更有集中性，更典型，更理想，因此就更带普遍性”。一方面要求对社会生活做真实的反映，另一方面又要求这种反映要更高，更强烈，更理想，以发挥“团结人民、教育人民、打击敌人、消灭敌人的有力的武器”的作用。这一在苏联“社会主义现实主义”的概念[①]中所包含的深刻矛盾，在毛泽东这里得到继续。不同在于，毛泽东后来越来越重视、突出其中的以先验理想来改写现实的“浪漫

---

① 《苏联作家协会章程》规定，社会主义的现实主义“要求艺术家从现实的革命发展中真实地、历史地和具体地去描写现实。同时艺术描写的真实性和历史具体性必须与用社会主义精神从思想上改造和教育劳动人民的任务结合起来”。参见《苏联文学艺术问题》，人民文学出版社1953年版，第12—13页。

主义”成分，以至在1958年提出一种名为“革命现实主义和革命浪漫主义相结合”的创作方法。这便为按照政治意图和政治激情来“加工”社会生活原料提出更有充分依据的理论。

第二章　规范与控制

出于政治上的原因，或出于道德、宗教、社会秩序等方面的考虑，国家政权、党派、社会组织往往通过各种方式，对文学的写作、出版、流通、阅读加以调节、控制。这种调节、控制，存在于不同社会性质的所有国家之中。

对于中国当代文学来说，这种调节、控制又有其特殊性。这主要表现为，执政党通过各种方式对文学创作、出版、阅读等，实施严格干预，是当代文学活动的社会调节最主要的内容。另外，作家的文学活动包括作家自身，被高度组织化，在另外一些时候和另外一些国家中，作家个体独立的那种职业性质已相当淡化。最后是，外部力量所施行的调节、制约，在实施过程中，逐渐转化为那些想继续写作的作家的心理意识，而成为作家的"自我调节""自我控制"。这种心理意识，既是一部分作家保护自己的屏障，也是另一部分作家可能做出的"进攻"的方式。

一　作家的组织和文学团体

第一次文代会上，周扬总结解放区文艺工作经验时提出，“除了思想领导之外，还必须加强对文艺工作的组织领导”。郭沫若在大会的结束报告中，也将很快就要成立“专管文化艺术部门”的组织机构，称为这次大会取得的成果之一。在当代中国，国家对文艺的领导、控制，主要通过文化和宣传的领导部门进行。而领导、控制的具体实施机构，在50年代至60年代中期，则是中国文学艺术界联合会（全国“文联”）和中国作家协会等组织。

在1949年以前，现代中国的文学团体和作家组织，大多是作家按自愿原则组合的同人性质的团体。它们或者为加强作家之间的艺术交流，或者为保障作家的权益。不过，像中国左翼作家联盟这样具有政治党派色彩的作家组织，已是极大地加强了对作家的创作路线（思想和艺术）加以“规范”的组织，而成为50年代中国文联、作协的雏形。当然，中国作协的性质和组织方式，更多仿照三四十年代的苏联作家协会。

中国文联成立于1949年7月，原名“中华全国文学艺术界联合会”，1953年9月改现名。它采取团体会员制，中国文艺的各协会（如作家协会、音乐家协会、戏剧家协会、美术家协会等等）为其团体会员。在五六十年代，它的历届主席为郭沫若。中国作家协会1949年7月成立时称为“中华全国文学工作者协会”，1953年9月改现名。中国作家协会虽然与其他协会为同级别组织，但在五六十年代的作家、艺术家组织中，却最为重要。后来，陆续在各省、自治区、直辖市建立分会。中国作协章程标明这一组织的性质是“中国作家自愿结合的群众团体”。实际情形并非如此。它是对中国作家文学活动进行政治、艺术上的领导、控制的机构，自然也对作家艺术交流、创作活动、生活等起到协调、组织和某些权益的保障的作用。中国作协直接受中共中央宣传部的领导。从成立起到“文化大革命”停止活动止，其历届主席为茅盾，并设若干副主席（周扬、巴金等）。实际领导权是中央宣传部及中国作协中的“党组”①。中国作协“党组”成员，在五六十年代，主要有周扬、邵荃麟、林默涵、刘白羽等。中国文联和作协在毛泽东的直接介入下，发动、领导了一系列的批判斗争和文学运动，并负责在各个时期对作家提出在创

① 中国共产党在政府各部、各人民团体中设立的组织，是各部门领导的核心。

作上应加以遵循的思想艺术路线。中国作协并主办了《文艺报》《人民文学》《诗刊》《新观察》《民族文学》等杂志，其中，《文艺报》在五六十年代是发表文艺方针、政策的权威性刊物。

中国文联、作协在五六十年代，常常代表官方对作家作品或艺术问题采取发表决议的方式做出结论性的裁决。这种方法，直接继承了40年代斯大林—日丹诺夫控制苏联文艺界的“遗产”①。1954年11月8日，中国文联和作协主席团联席会议做出的《关于〈文艺报〉的决议》，1955年5月，上述机构做出的对胡风问题的决议，同年文联和作协“党组”对于丁玲、陈企霞“反党小集团”问题的决议（这一决议，当时和后来都没有公开），都是一些著名的例子。

二　文学批评与批判运动

毛泽东在《讲话》中说：“文艺界的主要的斗争方法之

① 苏联共产党中央委员会1946年8月14日做出关于《星》《列宁格勒》文学杂志的决议，批评这两本杂志发表左琴科、阿赫玛托娃的资产阶级、个人主义的作品。结果，这两位作家被开除出苏联作家协会，协会本身也进行改组。

一，是文艺批评。”在当代中国相当长的一段时间里，文学批评的性质颇为奇特。它并不是一种人格化、个性化或“科学化”的作品解读，也主要不是一种鉴赏活动，而是一种体现政治意图的政治和艺术裁决，在许多时候也演化为一种“斗争”手段。一方面，它用来支持、赞扬那些符合文学“规范”的作家作品；另一方面，则对不同程度地表现出离异、“叛逆”倾向的作家作品提出警告，加以批评、批判。毛泽东将文艺批评的这两项功能，形象化地称为“浇花”和“锄草”。[①]

在50—70年代的当代中国，被报刊所批评的作家，一般都没有为自己辩护的权利，更不用说“反批评”了。[②]如果批评涉及政治倾向问题，关系到文学方向，更不容提出异议。它不仅对被批评的当事人起着重要（有时甚至是“生死予夺”）的作用，对整个文学界也产生巨大的影响。50年代对陈亦门（阿

---

① 参见毛泽东《关于正确处理人民内部矛盾的问题》中的第八部分，见《毛泽东选集》第五卷，人民出版社1977年版，第388—394页。

② 极少见的例子是，1958年和1959年新诗发展道路论争中，何其芳发表了一些反批评文章。另外，1954年6月出版的《文艺报》刊出侯金镜批评路翎小说的文章，路翎在次年《文艺报》连续三期做了答辩（《为什么会有这样的批评?》）。不过，《文艺报》当时发表路翎的反批评，不过是为了对他和胡风开展更大规模批判做准备。

垅）、萧也牧、路翎、蔡其矫、吴雁[①]等的批评，都是例子。

当毛泽东和文艺界领导人认为某个作家、某部作品或某种文学思潮、文学现象的“错误”性质严重，对文学路线或政治思想权威产生严重“挑战”时，这种批评，便可能演化为大规模的批判运动。这种批判运动，常为毛泽东直接发动、领导，以自上而下的方式，在全国范围内组织大批文章、来信，造成巨大的声势。人所共知的对电影《武训传》，对俞平伯的《红楼梦研究》，对胡风，对文艺界的“右派”，以及“文化大革命”中对周扬“文艺黑线”的批判，都是如此。这些运动的一部分，以开展“对敌斗争”的方式进行，无论是内容还是方法，都已超出“文学”的范围。这是在一个文学创造与政治权力完全混淆的特定环境里必然导致的结果。

在50—70年代，文学上开展的批评与批判运动，有许多是难以在文学的层面上加以衡量和判断的。在提出文艺是“阶级斗争晴雨表”[②]这一命题之后，文学往往成为政治斗争的导火线。不过，毛泽东还是提出了进行文艺批评的标准，虽然他承

① 吴雁，原名王昌定，因1959年发表短文《创作需要才能》，批评“大跃进”时期文学创作粗制滥造状况，受到批判。

② 见周扬《文艺战线上的一场大辩论》，《人民日报》1958年2月28日。

认文艺批评“是一个复杂的问题，需要许多专门的研究”。这“基本的批评标准”，“一个是政治标准，一个是艺术标准”；在二者的关系上，则应该政治标准第一，艺术标准第二。政治和艺术标准的具体含义，根据不同时期的情势，会有一些变化。但是，作家以及表现在作品中的政治立场倾向，以及是否坚持、实践“社会主义现实主义”（或革命现实主义）的创作方法，则是经常起作用的因素。文学批评的这种政治、艺术标准，在当代常表现为对作品是否写出生活“本质”的质问。是否真实地写出社会、历史的“本质”，阶级的“本质”，是否表现了“历史发展规律”，是评判作品思想艺术的最重要尺度。但是，什么是“本质”，怎样才“真实”，“历史发展规律”又是什么——这些往往无法验证的问题，其最后的解释权也便落到政治权力的拥有者身上。

三 “读者”反应与书报检查

读者，也是广义的批评家，而批评家则是“特殊”的读者。读者的需求，对文学创作自然产生重要影响。不过，在50—70年代的中国，“读者”并不具备独立存在的意义，它对文学事业所产生的制约、影响，是代表政治力量的权威批评的一种延伸。引入“读者”，目的是为了加强这种权威性。因而，在当时，“读者”在大多数时间里是被虚构的，是一个不被具体分析的概念。权威批评往往用“群众”“读者”（特别是“工农兵读者”）来代表实际上并不存在的，在思想观念、艺术趣味上完全一致的“读者”群。

权威批评按自己的意志去虚构“读者”有多种情况。最常见的是搜集、加工自己需要的那部分读者的意见，舍弃、修改其他的不同的看法，并用“广大读者”之类的含义模糊的称谓加以发布。另一种方法，是捉刀代笔，然后冠以“读者”的身份。1951年6月出版的《文艺报》4卷5期上发表的“读者李定中”的来信，对萧也牧小说《我们夫妇之间》提出严厉批评。《文艺报》发表这封信时所加的编者按语，表明了支持这位“读者”的态度。实际上，来信出自当时人民文学出版社的负责人冯雪峰之手。这种方法，还延续到90年代初对王蒙小说《坚硬的稀粥》的批评事件中。更值得注意的事实是，当代中国的政治—文学环境，在一个时期内培养了一些善于捕捉政治风向、把握权威批评旨意的读者。他们在文学界每一次重大事件或批判运动中，总能适时地写信、写文章来支持当时的主导观点，从而被纳入文学界规范和控制的力量之中。

“读者”的不被具体分析，也就是不承认文学读者是形成不同群体、划分不同圈子的，不承认不同社会群体有不同的文化需要，因而也就不承认有属于不同群体的文学。这是为使文学取消多种思想倾向、多种艺术风格、多种艺术品位（严肃文学、纯文学与大众文学、消遣性文学等），走向“一元化”的保证。

与国民党政权在三四十年代设立专门书报检查机构、开列禁书名单不同，50年代以后，并没有专设的书报检查机构，也没有明确的“送检”的程序规定。当然，与所有的现代社会一样，当代中国也会要求作家、书报社、出版机构遵守一定的规则，并出于政治、意识形态、伦理道德、民族关系等的考虑，要作家和出版者在一定的界限内活动。总的说来，电影和戏剧的情况要特殊一些。它们在上映（演出）之前，根据不同时期的不同规定，有一定的“审查”的程序，由主管部门的负责人观看“样片”或“彩排”。但通过与否所依据的准则，则并无明确的条文。在大多数情况下，由审查人员根据自己对政治形势和思想艺术标准的理解而做出决定，自然就不可避免地包含审查者的兴趣好恶。有的影片、戏剧，由于意见不统一，或由于事情的“严重性质”，而必须由党和政府的最高决策机构最后裁决。

文学作品的发表、出版并无这样的规定。当然，作家首先必须自我“检查”，而刊物、报纸、出版社的编辑部，也必须承担这种检查的责任，这是不待言的。如果出版机构发表、出版了被认为有严重政治或艺术错误的作品，不仅作家本人应承担责任，出版者也难辞其咎。在这种情况下，“追加检查”便构成更大的压力。当事人会被处以写检查、撤销职务，以至停刊整顿，查封刊物、出版社的处罚。50年代《文艺报》主编多次易人，《人民文学》编委会多次改组，四川的诗刊《星星》编辑部被解散，秦兆阳主持《人民文学》工作所受到的批判等等，都与刊物发表“错误”文章、作品有关。

四　作家的经济收入和社会地位

在50—70年代，文学写作被看作是一种与金钱、与商业利益无关的事业，作家被称为“人类灵魂的工程师”，文学作品则是“生活教科书”。这是为维护人类精神产品的“纯洁性”而做的令人感动的努力，同时也与40年代“解放区文学”在创作、流通、阅读方式上的特殊状态有关。

不过，既然作家无法超越一个普通人（要吃饭、穿衣、死亡）的限定，而文学书籍的出版、销售在现代经济体制下不可避免地要受到这种体制的制约，那么，即使在文学与“经济”的关系比较模糊的当代中国，这一问题也仍然存在并难以忽视。

首先是作家的经济收入问题。在1949年以前，现代中国作家的写作收入，主要靠稿费（在报刊上发表作品）和版税（出版著作）。50年代以后，逐步废除版税制，全部实施按千字付酬制。到50年代中期，稿酬制在全国范围的报刊社、出版社中实行。这种制度，将文稿分为“著作”“翻译”等门类，以一千字作为计费的基本单位，分别规定统一的稿酬等级。除此之外，在书籍的出版上，还规定了“额定印数”的制度。版税制与稿酬制虽有一些共同点，但差异也是明显的。因为主要以计算字数作为稿酬数量的依据，作品的印刷数量和出版次数，对作家收入的重要性大大降低。这样，畅销书与非畅销书在收入上的差距已不明显，而作家在实际上也大部分失去其在著作版权上应得的经济利益。

稿酬的标准，1956年曾有过统一的规定。后来，标准曾降低。尽管如此，在50年代和60年代“文化大革命”之前，文学写作从经济收入上看，虽然难以获得极丰厚的收益，但也还是一种诱惑人的职业。[1] 这与在“旧中国”，有相当一部分作家

---

① 1956年前后，制定了统一的稿酬实施标准。规定中央一级的刊物、出版社，著作（文学创作、理论等）的稿酬为每千字十元（人民币，下同）、十二元、十五元、十八元四级，翻译为七元、九元、十一元、十三元四级。并对出版物规定“额定印数”，超过额定印数的可再得一笔以千字计数的稿酬。1958年，标准有所降低。在五六十年代，大学毕业生参加工作的最低月工资为五十元左右，工厂工人最高月工资为八九十元左右。

仅靠写作文稿难以维持一定生活水平的状况不同。老舍在30年代很愿意集中精力写小说，但光靠版税收入家庭生活便显拮据，而需要在大学任教以取得资助。1939年12月，中华全国文艺家协会曾发起“抢救”运动，接受捐款，以“保障报刊作家的生活”。这种状况，在五六十年代都不再出现。

中国当代作家的经济收入，除写作的稿酬外，还有其他方面的来源。因为从50年代起，所有的作家都属于某一组织机构，成为国家的“干部”，因此他们都有固定的薪金收入。然而这里有不同的情况。一种是一部分作家进入大学、研究机构（或他们以前就在大学等部门任职），或担任文学或文化团体、机构的领导人。这可以说是作家的“第二职业”或“兼职”（对一些人来说，他们主要是大学教授、研究所的研究员、出版社编辑、文化机构官员，而写作反而成为“第二职业”）。另一些作家，虽然也属某一组织、团体，但这种“兼职”没有实质意义，只是某种性质的头衔。第三种情况是，中国作协和各地方分会，都有“专业作家”“驻会作家”的编制。他们的主要精力放在文学写作上。上述几种情况的作家，他们都有固定的月薪收入。因此，“专业作家”即使较长时间不写作，不发表、出版作品，一般也不会有严重的生活问题。

在现代，有的国家的作家除少数外，仅靠写作很难维持一定水平的生活，“兼职”成为普遍现象。“第二职业”可以使作家缓解政治、经济上的重大压力，而带来一定的“安全感”。这在当代中国也不例外。不过，作家不受写作实际情况影响的固定薪金收入，有时也会演变为失去写作紧迫感，而放松了作家本来应承担的责任。这种状况，使他们中有的人多年不写作，而仅靠既往的“名声”生活。

50年代之后，作家的社会、政治地位也发生了一些变化。从普遍状况看，五六十年代作家社会地位有很大提高，这与当时对文艺在社会上的重要性的强调相关。许多知名作家往往被委任各种机构（各种社会组织，直至中央的机构）的负责人，或授予各种称号，委以各种虽说没有多少权力的职务。除官职外，通常可以供安排的有：从中央到各省、市妇女联合会委员、工会委员、青年团组织的委员、政协委员、人民代表大会代表、人代会常委会委员等。获得上述职务、称号的，当然也伴随一系列的物质上、社会待遇上、象征资本上的收益。政治力量把他们推上本来与他们不相干的位置，如何不辜负这一“名声”与“位置”，自然要为他们所考虑。这种褒奖，对一些人来说，最终可能使他们牺牲了思想艺术上的创造力和精神上的独立性，以换得对这种社会地位的保持。

当然，当代中国作家的一部分人，命运又极端不幸。他们遇到的打击，生活道路的坎坷，也是其他时期的作家所难以比拟的。当他们对确立的文学规范、路线表示出离异、悖逆或进行挑战时，其物质、社会政治地位便会一落千丈。通常的惩治措施是开除作协会员资格（这意味着失去写作权利）、降职降薪，“下放”至工厂、农村或边疆农场劳动改造，开除公职（失去固定职业）以至投入监狱和劳改农场。

第三章　作家的状况

一　作家的类型分析

需要进行分析的作家范围，包括活跃于（或"活动"于）这一时期的作家，以及在40年代创作比较活跃，而进入这一时期后已趋于沉默的作家。

对作家加以分类，在五六十年代就自觉或不自觉地进行着。常见的分类有三种情况。一是年龄的划分，有"老作家""青年作家"的称谓。这些称谓，不仅体现"自然年龄"的因素，也包含着"社会年龄"的着眼点，即写出成名作、在文学界确立其地位的时间。50年代被称为"老作家"的，一般指1942年以前就发表了确定其文学地位的作品的作家。[①] 郭

---

① 1950年前后由开明书店出版的"新文学选集"（茅盾主编）的"编辑凡例"规定，这套丛书由二十四位作家的作品集构成，"编辑的对象主要是在1942年以前就已有重要作品出世的作家们"。这在当时被看作是一个时间上的界限。

沫若、叶圣陶、茅盾等自不必说，艾青、卞之琳、曹禺、何其芳等1950年时年龄在三十四岁到四十岁之间的这些作家，也归入“老作家”之列。这种分类事实上体现了对文学时期划分的一种理解。另一种分类情况是，根据作家的政治立场、政治态度以及与执政党的关系的划分。因而，流行着“革命作家”（参加中共领导的革命运动，一般是共产党员）、“进步作家”与“反动作家”的说法。1948年，邵荃麟的《对于当前文艺运动的意见》、郭沫若的《斥反动文艺》，[①] 都使用这一分类法。如郭沫若说，文艺有各种颜色，红黄蓝白黑，朱光潜是“蓝”的（国民党党旗颜色），萧乾是“黑”色（“标准买办型”），沈从文是“桃红”色或“黄”色的。在50年代，常被列入“反动作家”名单的有胡适、梁实秋、叶秋原、王独清、林语堂、周作人、陈铨、王实味等。[②]

50年代另一重要的分类标准，是依据作家的“地理出身”。但并非按自然地理，而主要是着眼于政治因素。即根据作家40年代生活、工作地域，而将作家区分为“解放区作家”

---

① 邵、郭的文章，刊于1948年3月在香港创刊的《大众文艺丛刊》第1、2辑。

② 哪些作家被列入“反动作家”“反革命作家”的范围，在五六十年代也会根据不同时期的政治气候而有所改变。

和“国统区作家”。[1]在50年代，毛泽东的文学主张、“解放区”的文艺路线和文艺工作经验，已被确立为唯一正确的方向，“解放区作家”一般被认为已接受过“革命的洗礼”，在思想立场、艺术方法上完成了革命的转变。因此，按政治地理的这种分类，包含着一种政治、艺术价值等级的判断。

五六十年代的作家类型分析，显然侧重作家的政治观点与态度。这是当时的社会、文学情势所决定的。

二　中心作家和边缘作家

除了上述类型分析方法之外，这里要引入另一种方法。即按作家在文学界的实际地位、影响（他们的创作是否代表一个阶段文学的成就，以及对当时的文学发展的影响），而将作家区分为“中心作家”和“边缘作家”。从40年代到50年代，中国现代文学发生重大的转折性变化，这一变化的重要征象，便是中心作家与边缘作家的整体性位置的互换。这种强烈的变

① “国统区”和“解放区”是40年代后期才出现的概念。后者指中国共产党当时所控制的区域。不过，后来在运用“解放区文学”“解放区作家”的说法时，也常包括40年代抗日战争时期根据地的文学、作家在内。

换、错动，其实也是整个社会结构发生的事情。

在中国现代文学发展过程中，40年代是个重要的阶段。在出现一批知名作家、作品上，也许不及30年代的引人注目，但却在酝酿着中国文学自五四以后的另一次变革。首先，一部分作家离开了抗日战争初期肤浅的乐观情绪和用文学直接配合战争的观念，对社会、人生，对中国传统文化，对战争时期表现出来的历史停滞、惰性的压力的观察、体验、思考深入了一步，而知识分子在历史大潮中的责任、得失，他们在理想与现实、群体与个体、外来文化与传统文化等的冲突面前的矛盾，又一次引起作家关注。文学创作有摆脱浮躁、走向深沉的趋势。其次，对于文学外来影响的吸取、消化，以及在民族传统感性基础上建立新的感受方式和表达方式上，取得了明显进展。这被有的研究者称为“历史的综合”。另外，40年代文学创作的进展，还表现在技巧的逐渐成熟上，作家的探索也更多样化。悲凉沉郁仍是文学的主调，而讽刺、幽默等作为重要风格，也受到作家的重视。

在40年代，代表当时的文学成就，处于文学的中心位置的作家、作品，可以开列如下的名单：

小说	张爱玲《传奇》，钱锺书《围城》，师陀《结婚》《果园城记》，巴金《寒夜》，沈从文《长河》，沙汀《淘金记》，萧红《呼兰河传》，路翎《财主的儿女们》，赵树理《小二黑结婚》，丁玲《我在霞村的时候》等
诗	冯至《十四行集》，艾青30年代末期、40年代初的诗，“七月派”一些诗人的创作，穆旦、杜运燮、陈敬容、郑敏等的诗
话剧	曹禺《北京人》，吴祖光《风雪夜归人》，夏衍《芳草天涯》，郭沫若《屈原》等
文学批评	刘西渭、李长之、朱光潜等的论著、文章，胡风等的理论

40年代的“中心”作家，一部分是二三十年代开始写作的，其中一些人思想艺术都有明显发展（如曹禺、巴金、师陀、冯至、沙汀、萧红……）。另外，还出现了真正意义上的“40年代作家”。最具潜力的有诗人穆旦、郑敏、杜运燮，小说家钱锺书、张爱玲、路翎。

三　中心作家的边缘化

从50年代开始，中国大陆社会结构出现“中心”与“边缘”位置的错动，文学界也不例外。文学发展史上，因各种原因，总在不断发生作家、作家群、文学流派的更替、兴衰的现象。作家位置的大规模转移的情况，常常发生在政治变动（例如对立性质的政权更迭，而文学与政治关系又混淆不清的情况下）的时候，或者文学发展发生重大方向性转折的时代（例如20世纪初的五四新文化运动）。

40年代的中心作家进入50年代后，大多数发生边缘化的转移。情况有下列几种：

第一，被排斥于文坛之外。这些作家的政治观点、文学主张和创作倾向，与毛泽东的文学主张，与50年代确立的文学规范显然不同，他们想要继续写作已不可能。沈从文在40年代便企图在各派政治力量激烈冲突之间维护文学的独立品格，于是，1949年召开的第一次文代会，他不被列入代表名单，大学也不再聘他为教授。曾自杀未遂，最后进入故宫博物院和中国社会科学院历史研究所，从事文物研究。钱锺书也属于“自由主义作家”，本来更愿意在小说写作上多下功夫，却也不可能，只好将全部力量集中于古代文学研究。[①] 其他如朱光潜、萧乾、施蛰存、李健吾、陈梦家等，写作权虽未完全失去，

① 1957年钱锺书在《宋诗选注》脱稿后曾作七绝：“晨书暝写细评论，诗律伤严敢市恩。碧海掣鲸闲此手，祇教疏凿别清浑。”诗中点化杜甫、元好问诗句，表明他在文学创作上不能施展的遗憾。见杨绛《将饮茶》，第137—138页，生活·读书·新知三联书店1987年版。

也已经受到很大限制。而那些后来被称为“九叶”[1]诗人的穆旦、郑敏、王辛笛等，他们也受到故意冷落的对待，而迫使他们“自动消失”[2]。

第二，清楚地意识到自己的文学观念、生活经验、艺术方法很难（有的则可能是不愿意）与现实的文学规范取得协调。在把文学作为政治任务的工具上，在应以工人、农民与士兵的形象和生活作为创作主要题材上，在作家不可能有对人生、对世界的独立感受和见解上，在强调乐观主义的明朗风格应是最正确的风格上，这些作家都感到很难完全认同。即使有的极愿意放弃自己的创作个性，也不可能在很短时间内完全从情感和方法上改弦易辙，于是被迫或自觉搁笔。茅盾不再写小说，转而以文学前辈的身份写小说评论。何其芳很少写诗。张天翼只有50年代前期不多的几篇写少年生活的短篇。师陀再没有什么作品问世。夏衍写了失败的多幕话剧《考验》之后，转而专门从事文学名著的电影剧本改编（《祝福》《林家铺子》

① 1981年江苏人民出版社出版王辛笛、陈敬容、杜运燮、杭约赫、郑敏、唐祈、唐湜、袁可嘉、穆旦九人在40年代诗作的合集，书名为《九叶集》。这一在40年代后期形成的诗派，遂被称为“九叶派”。

② 五六十年代大陆出版的现代文学史著作、教科书、新诗选，以及全面综述中国新诗发展史的文章，对这些诗人都一字不提。

等）——这应该说是较能尽心尽力而又保险（事实上并不“保险”，他改编的《林家铺子》在60年代仍受到批判）的道路。

第三，在50年代初到中后期的政治、文学批判运动中受打击而罹难的，其中不少也是在40年代有成绩的作家。如胡风、路翎、鲁藜、绿原、牛汉、吕荧、艾青、萧乾、冯雪峰、吴祖光、李长之、傅雷、唐湜、穆旦等。

第四，也有相当多的作家，出于自愿呼应“时代”的感召，或许是时势使然的迫不得已，而努力改造自己，弥补不足，以适应新的文学规范。他们反省自己过去创作的思想艺术缺陷，自觉学习马克思主义和毛泽东的著作，热情地投身各项政治运动，并开拓对自己说来是陌生的“工农兵”生活的体验。这包括现代文学中的一批著名作家，如郭沫若、巴金、曹禺、冯至、张天翼、臧克家、沙汀、卞之琳等。对于过去的创作，他们最感负疚的几点是：没有写到工人、农民；有的写到了，却也是“歪曲”了的；过去的创作缺乏革命理论指导，没有阶级分析观点；艺术方法上有的不能坚持“现实主义”，而是“唯美主义”“形式主义”的。[①] 这些曾创作出一个时期的

① 50年代初开明书店出版的《新文学选集》，以及1953年到50年代末人民文学出版社陆续出版的五四以来的重要作家作品选集，常有作家当时撰写的序和跋，表明他们对于这些“旧作”的检讨性的态度。

文学“精品”的作家，尽管他们当时的反省是真诚的，想“改弦易辙”，创造出“无愧于伟大时代”的作品的愿望也并不可笑，但是他们的努力却收效甚微。许多人的艺术生命，在进入50年代以后实际上已经结束。郭沫若大量解说政治命题的诗，已离“诗”越来越远。老舍把力量放在更能发挥宣传效果的话剧上，但除了《茶馆》和未完成的小说《正红旗下》，大都是失败了。巴金想写新的人物，却力不从心。冯至否定了《十四行集》，也就否定了他的独特性和个人风格。曹禺《明朗的天》《胆剑篇》等几部多幕剧，也已难以与他过去的作品相提并论。其他如张天翼、艾芜、沙汀、夏衍、卞之琳等，情况也大体相似。

这是一个文学“时代”的结束。三四十年代的中心作家迅速成为“配角”，或退出舞台。另一批作家，带着他们不同的特质，取代了这一中心位置。文学历史掀开新的一页。

四　主流作家的“文化性格”

判断是否是这一时期的主流作家（或中心作家），主要根据下列条件：一、他们的创作对当时文学主潮的符合、贯彻的程度；二、他们在当时文学界受到的肯定的程度；三、他们的文学思想、作品产生的影响。根据这些条件，指出下面这些作家是五六十年代这一文学阶段的主流作家，大致上是能成立的。他们是：

小　说	柳青、赵树理、杜鹏程、周立波、梁斌、峻青、王愿坚、王汶石、杨沫、李准、马烽、欧阳山、茹志鹃、浩然
诗　歌	郭小川、贺敬之、李季、闻捷、李瑛、张志民
话　剧	老舍、田汉、郭沫若、陈其通、胡可、沈西蒙、曹禺
散　文	杨朔、刘白羽、魏巍、秦牧
文学批评	周扬、茅盾、张光年、邵荃麟、侯金镜、陈荒煤、冯牧、姚文元、李希凡

从这个名单可以看出，除了实际上担任文艺界主要领导人的周扬、茅盾、邵荃麟、张光年，以及写作历史题材话剧的郭沫若、老舍、田汉之外，这个时期的主流作家是两类人：一是来自解放区的作家（周扬、邵荃麟等，或来自解放区，或长期在国统区从事革命文学运动领导工作）；另一是40年代末、50年代初出现的青年作家。下面，列表标示出他们的籍贯、学历及主要经历等主要情况。

姓名	籍贯	学历	主要经历	主要作品（50—70年代）
柳青	陕西省吴堡县	曾在陕西六中和西安高中学习	20年代末参加中共领导的革命运动。1938年到延安，从事报刊编辑和其他群众工作	长篇小说《创业史》
赵树理	山西省沁水县	1927年就读于山西长治省立第四师范学校	1937年以后，在山西一带参加革命活动，担任根据地报刊编辑，从事文学写作	长篇小说《三里湾》，短篇小说《登记》《锻炼锻炼》等
杜鹏程	陕西省韩城县	曾在鲁迅师范学校和延安大学学习	1938年到延安。40年代解放战争期间，任解放军随军记者	长篇小说《保卫延安》，中篇小说《在和平的日子里》等
周立波	湖南省益阳县	曾在湖南省立一中和上海劳动大学学习	30年代参加左联。抗战爆发后到根据地，担任过延安“鲁艺”教员和报刊编辑。40年代后期在东北解放区工作	长篇小说《山乡巨变》和其他短篇小说
梁斌	河北省蠡县	曾在河北省立第二师范学校学习	30年代初参加革命。后到河北根据地从事军事工作和文化宣传工作	长篇小说《红旗谱》
欧阳山	湖北省荆州县	广东高等师范附属师范初级班	参加过北伐军。30年代在上海、重庆等地进行革命文化宣传工作，1941年到延安	长篇小说《三家巷》《苦斗》

续表

姓名	籍贯	学历	主要经历	主要作品（50—70年代）
峻青	山东省海阳县	曾在私塾读书	1940年参加革命，在山东根据地从事新闻、教育等工作	短篇小说《黎明的河边》等
王愿坚	山东省诸城县	在家乡读小学、中学	1944年参加革命，在军队担任文化宣传方面的工作	短篇小说《党费》等
王汶石	山西省万荣县	在西安读中学	1936年参加革命。1942年到延安，参加土改等运动。在西北文工团工作	短篇小说《风雪之夜》《新结识的伙伴》等
杨沫	湖南省湘阴县	曾在北平西山温泉中学学习	1936年参加革命，在晋察冀边区从事妇女和文化宣传工作	长篇小说《青春之歌》
吴强	江苏省涟水县	据作家自传，曾上过大学	30年代开始写作。后参加新四军，在军队中做文化宣传工作	长篇小说《红日》
马烽	山西省孝义县	读过高小。40年代初在延安鲁艺附设的艺术干部训练班学习	1938年参加革命。在根据地从事记者、宣传、编辑等工作	短篇小说《我的第一个上级》等

续表

姓名	籍贯	学历	主要经历	主要作品（50—70年代）
西戎	山西省蒲县	读过小学，后在鲁艺的艺术干部训练班学习	1938年参加革命。在延安和晋西北根据地做编辑、文化宣传工作	短篇小说《赖大嫂》等
李准	河南省孟津县	读过中学	1948年开始写作。成为专业作家前当过学徒、邮递员、教师	短篇小说《不能走那条路》《李双双小传》等
茹志鹃	浙江省武康县	初中毕业	1943年参加新四军，在军队文工团工作	短篇小说《百合花》等
浩然	天津市宝坻县	上过三年半小学	50年代初任编辑、记者	长篇小说《艳阳天》《金光大道》
郭小川	河北省丰润县	曾就读北平东北中山中学。1941年在延安中央研究院学习	抗日战争开始参加革命，并到延安，当过军队的秘书、教员，后在根据地报社和宣传机关工作	诗《致青年公民》《雪与山谷》《一个和八个》等
贺敬之	山东省峄县	就读于湖北中学和延安鲁艺文学系	1940年到延安，进鲁艺学习。后来在华北联合大学等部门工作	诗《放声歌唱》《雷锋之歌》等

续表

姓名	籍贯	学历	主要经历	主要作品（50—70年代）
李季	河南省唐河县	读过半年初中。1938年在延安抗日军政大学学习	1938年到延安参加革命，当过八路军连指导员，以及根据地报刊编辑、记者	诗《玉门诗抄》《杨高传》等
闻捷	江苏省丹徒县	1940年在陕北公学（延安）学习	1938年参加革命，担任过记者、编辑	诗《天山牧歌》《复仇的火焰》等
张志民	河北省宛平县	小学毕业	1940年参加八路军，在军队做政治工作，并从事写作	诗《村风》《西行剪影》等
李瑛	河北省丰润县	1945—1949年在北京大学中文系学习	1949年参加解放军。长期在军队从事文学编辑、文化工作	诗集《红柳集》等
陈其通	四川省巴中县	不详	1932年参加红军，参加过长征。在军队文化宣传部门工作	话剧《万水千山》等
胡可	山东省益都县	曾就读于山东省立一中	1937年参加八路军，做文化宣传工作	话剧《战斗里成长》《槐树庄》等

续表

姓名	籍贯	学历	主要经历	主要作品（50—70年代）
沈西蒙	上海市	读过初中	30年代后期参加新四军，做文化宣传工作	话剧《霓虹灯下的哨兵》（与漠雁、吕兴臣合作）
杨朔	山东省蓬莱县	高中毕业	30年代开始写作。后去延安，在军队中当过记者	长篇小说《三千里江山》、散文集《东风第一枝》
刘白羽	北京市	中学毕业	1938年到延安，参加延安文工团，后在部队中任记者	散文集《红玛瑙》等
魏巍	河南省郑州市	乡村简易师范肄业。后在延安抗日军政大学学习	1937年参加八路军，在军队从事宣传、政治工作	散文《谁是最可爱的人》等
秦牧	广东省澄海县	中学毕业	中学时期开始写作。参加过抗日宣传工作。1949年到广东东江解放区	散文集《花城》

续表

姓名	籍贯	学历	主要经历	主要作品（50—70年代）
张光年	湖北省光化县	不详	1927年参加革命。30年代从事进步文艺活动。1939年去延安，后到重庆、缅甸，1946年进入华北解放区，在北方大学和华北大学任教	文学评论文章
侯金镜	北京市	曾在山东济南中学学习。1938年到陕北公学分校学习	1938年参加革命。先后在阜平县和华北军区文工团从事政治宣传工作	文学评论文章

上述三十一位作家，一部分来自解放区，另一部分是后来出现的青年作家。“解放区作家”和青年作家这两部分人，不是所有的都能成为这一时期的主流作家，他们也必须经过“筛选”。蔡其矫、艾青、丁玲、陈企霞、萧军、钟惦棐、秦兆阳等解放区作家50年代便受到冷遇、批判。而青年作家在50年代中期，也遭遇到一次大规模的“选择与汰除”——刘宾雁、王蒙、高晓声、张贤亮、方之、公刘、邵燕祥、陆文夫等较有潜力的一群，都被拒斥于文坛之外。

从上表中所列的基本情况，可以看到：

一、作家的地域构成有了很大改变。在三十一人中，出身于山西、陕西、河北、山东、河南等西北和中原地区的，约占百分之六十，这与20—40年代中国著名现代作家多出身江浙、福建的东南沿海（鲁迅、周作人、叶圣陶、朱自清、洪深、郁达夫、茅盾、徐志摩、夏衍、冰心、戴望舒、艾青、钱锺书、穆旦、路翎等）和四川（郭沫若、巴金、沙汀、艾芜、何其芳等）不同。另外，五六十年代主流作家在写作前和从事文学创作期间，大都活动于河北、山东，尤其是晋察冀、陕甘宁的根据地（解放区）。这一转移，表现了文学思潮、文学创作从重学识、才情、文化传统、城市，向着重政治意识、现实政治和乡村的倾斜。文学创作中心（作家地域构成、题材地域性质、文学风格）的这种由东南沿海向西北的转移的状况，并不因为新中国成立后，许多作家又重新向北京、上海等大城市集结而发生改变。

二、这批作家从事文学工作与投身中共领导的革命运动，是一件事情的不同方面。文学常被看作是服务于革命事业的一种方式。他们一般不会认同有关文学独立性的观念。他们普遍认为，凭着对“先进世界观”的把握，对社会、人生可以达到透彻的了解，而不会存在什么神秘、未知的领域。他们的创作充满明确的社会目标感和乐观情绪。

三、五四以后的著名作家，大都接受较系统的学校教育（传统私塾和新式学堂），许多人曾留学欧美、日本。有的虽然学历不高，但对传统文化以及中外文学、哲学，有广泛了解。不管他们对传统文化持何种态度，他们中的许多人，对中国古代哲学、文学、历史有较深厚的素养，并在接受西方哲学、文学思潮之后，以一种新的眼界来重新审视民族和自我。学识、文化素养，自然不是成功作家的唯一条件，却是使作家免于浅陋的必要保证。这包括突破狭窄的视界，扩展体验的范围、深度，以及在中西文学的融合、撞击中做出创造性综合的可能。50年代以后的主流作家，大多数学历都不高。自然，他们在投身革命后，也进行文化方面的学习，并在生活经验、社会经历上有自己的优势。但他们对中外文化遗产的接受相当有限（许多人只读过一些苏联文学作品和中国五四以后的新文学），他们从事文学工作，既缺乏必要的训练，也缺乏广泛借鉴的对象。

四、作家出生和主要生活经历，发生了从城市到乡村、从东南沿海城市到黄河流域黄土高原的变化，表现对象也从市民、知识分子阶层转移到农民、士兵上。这种变化，对中国现代文学发展不是没有积极意义。黄河流域是中国文明发源地，

第四章　矛盾与冲突

五四以后的文学发展过程，是充满矛盾、冲突的过程——或者由于文学观念的不同、文坛上实际利益的纷争，或者是政治权力、意识形态的较量在文学上的表现。这种状况，进入50年代以后更有增无减，并由于政治权力所起的支配作用，而常常演化为大规模的批判运动。

一　频繁的批判运动

从1950年起到“文化大革命”结束，中国文艺界开展的全国规模的批判[①]运动有：

---

① “批评”和“批判”这两个词，原来在现代汉语中词义并没有实质性差别，但在当代中国使用上已有明显不同。“批判”指对错误性质十分严重的言论、行为的严厉批评。

（一）对电影《武训传》的批判（1950—1951）。批判为毛泽东所发动[①]，文化界大多数人对此没有什么思想准备，是毛泽东对思想文化界的“严重混乱”状况发出的第一次警告，也是加强对这一领域控制的第一个重要步骤。其批判的思想理论，依据的是马克思、恩格斯1859年对拉萨尔悲剧《济金根》的批评所表述的观点。

（二）对萧也牧创作和其他一些作品的批评（1951）。被批评作品有《我们夫妇之间》（萧也牧）、《战斗到明天》（白刃）、《我们的力量是无敌的》（碧野），以及电影《关连长》等。它们被作为抗拒毛泽东的《讲话》、表现了资产阶级思想倾向的普遍性现象的例子。

（三）对俞平伯《红楼梦研究》和胡适的批判（1954—1955）。也为毛泽东所发动[②]，目的是批判胡适及其所代表的“资产阶级唯心论”。中国文联和作协主席团从1954年

① 毛泽东为《人民日报》写了社论《应当重视电影〈武训传〉的讨论》（1951年5月20日），发动了这场批判运动。见《毛泽东选集》第五卷，人民出版社1977年版，第46—47页。

② 1954年10月16日毛泽东给中共中央政治局委员和其他领导人写信，发动了对《红楼梦研究》和胡适的批判。见《毛泽东选集》第五卷，人民出版社1977年版，第134—135页。

10月底起，召开了八次扩大会，报刊发表一系列批判文章。

（四）对胡风“反革命集团”的批判（1955）。开始是批判胡风“资产阶级文艺思想”，这是40年代后期起批评的继续，后来发展到政治问题。毛泽东为《关于胡风反革命集团的材料》撰写序言和按语。①

（五）文艺界反右派斗争，及对丁玲、冯雪峰“反党集团”的批判（1957）。一大批著名作家成为右派分子，被剥夺写作权利。

（六）50年代后期到60年代初的批判运动。批判“资产阶级学术权威”、资产阶级人性论、人道主义和修正主义文艺思潮。②

（七）从1963年开始到“文化大革命”期间开展的

---

① 毛泽东写的《序言》和部分按语，见《毛泽东选集》第五卷，第160—167页。1955年5月13日，《人民日报》将胡风的《我的自我批判》与舒芜交出的胡风给舒芜的三十四封信一起公开发表，称胡风等为“反党集团”。5月24日和6月10日，同一报纸又发表了胡风和他的追随者的来往信件共一百三十五封，胡风等也成了“反革命集团”。5月25日，中国文联、作协扩大会议通过把胡风开除出作协并建议对胡风“反革命罪”做必要处理的决议。不久，胡风等几十人相继被逮捕。

② 受到批判的主要有李何林《十年来文学理论批评上的一个小问题》，巴人《论人情》，钱谷融《论“文学是人学”》，王淑明《论人情与人性》等。

大规模批判运动。毛泽东1963年12月和1964年6月对文艺界两次“批示”，指责周扬领导的文艺界执行了修正主义路线。[①] 江青根据这些批示，1966年在上海召开部队文艺工作座谈会，整理了座谈会纪要[②]，认为文艺界“建国以来”，“被一条与毛泽东思想对立的反党反社会主义的黑线专了我们的政”。五六十年代文艺界主要领导人周扬、邵荃麟、林默涵，以及大部分作家，都受到批判和迫害。文学刊物停止出版（1972年以后才逐渐有所恢复）。“文化大革命”结束后召开的第四次文代会（1979年10月），

---

① 毛泽东1963年12月12日的批示是“各种艺术形式——戏剧、曲艺、音乐、美术、舞蹈、电影、诗和文学等等，问题不少，人数很多，社会主义改造在许多部门中，至今收效甚微。许多部门至今还是‘死人’统治着”，“许多共产党人热心提倡封建主义和资本主义的艺术，岂非咄咄怪事”。1964年6月27日的批示：“这些协会和他们所掌握的刊物的大多数（据说有少数几个好的），十五年来，基本上（不是一切人）不执行党的政策，做官当老爷，不去接近工农兵，不去反映社会主义的革命和建设。最近几年，竟然跌到了修正主义的边缘。如不认真改造，势必在将来的某一天，要变成匈牙利裴多菲俱乐部那样的团体。”

② 指《林彪同志委托江青同志召开的文艺工作座谈会纪要》，由陈伯达、张春桥、姚文元参加撰写，1966年4月10日，作为中共中央文件颁发。全文在《人民日报》等报刊上正式公布，则迟至1967年5月29日。1979年5月3日，中共中央批转解放军总政治部的请示，宣布予以撤销。

在《为被林彪、“四人帮”迫害逝世和身后遭受诬陷的作家、艺术家们致哀》中，列举了二百余人的名字。

上述情况可以看出，重大的斗争和批判运动，贯串这近三十年的时间，其间只有不多的几次短暂的间歇。这些批判运动对作家冲击的范围并不一律，也不是所有的作家都成为打击的目标（“文化大革命”是例外的情形），但所起的对思想、行为的控制、威慑作用，却是巨大的，波及的范围也是全面的。这就不可能建立一种比较正常、健康的文学环境，而文学作为个人情感、心智的自由表现在很大程度上也成为空谈。这二十多年的批判斗争还表明，它们多数为毛泽东所直接发动、支持。毛泽东是十分重视思想、意识形态的政治家，对思想文化界的控制，从一种激进的文化战略出发，通过斗争以建立新的文化，是他长期关切的问题。这些批判运动，都服务于这一总的目标。当然，在文艺界中出现的矛盾冲突和开展的批判运动，也存在其他方面的复杂内容。它们也是中国马克思主义文艺长期存在的内部分歧的延续，其中也包含着文艺界内部集团、宗派的冲突。这些矛盾斗争在文学上的现实性，则是针对继承何种文学“传统”，建立怎样的文学规范等问题上的分歧。而斗争的激烈、尖锐化，又与中国左翼文学界长期以来对一种“纯粹”的、“一元化”的理想境界的紧张追求有关。对话、互补、宽容等被对立双方都看作是非常态，事情的这种演化趋势就不可避免。回顾这些批判运动，另一点会使人感到震惊的是，文艺主张、艺术方法、创作思想上的歧异，却往往采用“锻炼人罪，戏弄威权”的手段。因而，当时的胜利者不见得是因为手中掌握“真理”，而常是因为拥有绝对的政治权力。

二　左翼文学界内部矛盾的继续

当代文学界的冲突，既是由现实政治、文学问题所引发，又是文学界历史矛盾、积怨的继续和延伸。

在20世纪的20—40年代，文艺界就存在复杂的矛盾，并常常演化为激烈的冲突。其根源来自不同的政治态度以及与此相关的文学观念，当然也联系着不同派别的利益和争夺文坛主流地位等的动机。从政治—文学观的分歧这一基本点上看，矛盾大致有以下几条线索：在政治上倾向于国民党政权的作家与投身中共领导的革命运动的作家的矛盾（这两类作家有截然相反的政治立场，却有文学服务于政治的相近的文学观点）；在复杂的政治环境中企图保持“中立”，或想走“第三条道路”而艺术上则想维护其独立地位的作家与上述两类作家的矛盾；左翼文艺界内部因见解和宗派利益而产生的矛盾等。到了40年代，这些矛盾的“构成”发生了重要变化。如郭沫若当时所说：“除了代表地主阶级的封建文艺已经在理论上解除武装，代表大资产阶级的国民党法西斯文艺，一直受到全国文艺界和全国人民的唾弃以外，中国文艺界的主要论争是存在于这样两条路线之间：一条是代表软弱的自由资产阶级的所谓为艺术而艺术的路线，一条是代表无产阶级和其他革命人民的为人民而艺术的路线”，而斗争的结果是前一路线的文艺理论“已经完全破产了”，他们的“为艺术而艺术的文艺作品也已经丧失了群众”。[①] 郭沫若所称的代表“自由资产阶级”的文艺路线的作家，有时也被称为“自由主义”作家，他们与左翼文艺界的冲突在二三十年代确是文艺界斗争的中心。被列入“自由主义”作家范围的，有胡适、梁实秋、徐志摩等的“新月派”，有30年代“第三种人”作家，有林语堂等的“论语派”，有“京派作家”的一部分，以及40年代的钱锺书、张爱玲等。他们到了40年代后期，在文学界的影响、地位，已被人

① 见郭沫若在第一次文代会上的总报告，《中华全国文学艺术工作者代表大会纪念文集》，新华书店1950年版，第38—39页。

为地极大削弱，而实际上失去了发言权（郭沫若所称的“完全破产”）。

这样，左翼文学界内部的矛盾，便上升到主要的地位。虽然对电影《武训传》的批判，对俞平伯、胡适的批判，仍是清除“自由主义”作家影响的努力。不过，这两次斗争的焦点，与其说是在被批判对象自身，不如说是针对革命文艺界内部“向资产阶级投降”的“思想混乱”的倾向。

从20年代后期到40年代末，左翼文艺界内部的争论、冲突，较重要的有：

（一）创造社、太阳社的郭沫若、成仿吾、钱杏邨、李初梨等与鲁迅、茅盾关于“革命文学”的争论。

（二）30年代初，在对待“第三种人”（胡秋原、苏汶）问题上，瞿秋白、周起应（周扬）与冯雪峰等表现的不同态度。

（三）1936年左联内部“国防文学”（周扬、夏衍、郭沫若提出）与“民族革命战争的大众文学”（鲁迅、冯雪峰、胡风提出）的“两个口号”论争。

（四）1936年，周扬与胡风之间关于现实主义问题的论争。

（五）1938年毛泽东在文化问题上提出建立“新鲜活

泼的、为中国老百姓所喜闻乐见的中国作风和中国气派”之后，文艺界、文化界开展的关于“民族形式”的讨论。在讨论中，胡风表现了与毛泽东等有异的观点。

（六）1942年延安文艺整风中，毛泽东对周扬所领导的“鲁艺”办学方针的批评，以及对王实味、丁玲、艾青、罗烽、萧军等的杂文、小说的批评。

（七）40年代中后期，在重庆、香港等地对胡风集团的舒芜的《论主观》的批评，以及对胡风文艺思想的批评。

周扬、冯雪峰、丁玲、胡风等，都是中国左翼文艺“资深”人物。30年代初左联时期，冯、丁、周都先后担任过左联党团书记，胡风则担任过宣传部长、行政书记。丁玲的创作在当时已获得很高声誉。冯雪峰是五四时期“湖畔诗人”之一，后来参加过工农红军的长征，1936年受在陕北的中共中央委托到上海从事文化领导工作。他和胡风与鲁迅有密切交往。胡风30年代在文艺界的地位尚不能与上述诸人相比，但后来通过办刊物（《七月》《希望》《泥土》《呼吸》等）、出丛书（《七月诗丛》《七月文丛》）、写作家作品评论等，扶植、团结了一批作家，确立了在文学界的不容忽视的地位。

1949年以后，左翼文艺已成为中国大陆文艺的全部事实。

在这种情况下，文艺界的“内部矛盾”更加突出，并逐渐上升到最主要的地位。新中国成立之后，胡风及其周围追随者[①]实际上已受到排斥，胡风本人受到冷落，迟迟没有被委派相应的工作。不过，他和他的追随者对未来却充满信心，并努力巩固、扩大他们的“地盘”，以等待合适的崛起时机。他们当然没有料到会在1955年成了被“围剿”的对象而“全军覆没”。冯雪峰、丁玲等，由于他们的资历和威望，在50年代初的文艺界尚占有重要的一席位置。他们都是中国作协副主席，并先后主持《文艺报》《人民文学》等重要刊物的工作。丁玲担任过中共中央宣传部文艺处长、中央文学研究所（后改名“中央文学讲习所”）所长的职务。但是，在1954年开始的各项运动中，他们直接、间接地受到冲击，失去其在文艺界的地位。首先是在批判《红楼梦研究》事件中，冯雪峰被指责犯了压制“小人物”（指李希凡、蓝翎等）、保护“资产阶级学术权威”的错误，被迫检查，并失去《文艺报》主编职务。接着，

---

① 胡风的主要追随者有：阿垅（陈亦门）、鲁藜、芦甸、彭柏山、刘雪苇、贾植芳、张中晓、耿庸、罗洛、王元化、王戎、路翎、谢韬、牛汉、曾卓、绿原、彭燕郊、方然、冀汸、吕荧、朱谷怀、化铁、张禹、何满子、梅林、满涛等。反胡风运动当时，全国被清查的超过两千人，最后确定为“胡风分子”的有七十八人。

在1955年的一次秘密的斗争中，丁玲、陈企霞被指控在文艺界搞“独立王国”，组织“反党小集团”，因而受到审查和批判。最后在1957年的反右派运动中，冯雪峰、丁玲、艾青、陈企霞、李又然等都成了右派分子，他们被说成是一个早已存在的“反党集团”的成员。在1957年的批判中，不仅“揭露”了他们的现实表现，还将历史旧案一并翻出。包括：丁玲30年代初被国民党逮捕时如何“自首变节”，鲁迅如何受胡风、冯雪峰的欺骗而错怪了周扬，胡风、冯雪峰怎样勾结在一起分裂左翼文艺运动等。1958年第二期的《文艺报》，将丁玲、王实味、艾青、罗烽、萧军等1942年在延安《解放日报》上发表的、在当时已受到批判的杂文、小说，又重新加以批判。毛泽东为这一标题为“再批判”的专栏写了“编者按”，称他们是“屡教不改的反党分子”，是“以革命者的姿态写反革命的文章”。

在文艺界反右派斗争结束时，周扬于1958年年初发表了由毛泽东三次审阅修改的长篇文章《文艺战线上的一场大辩论》，这被看作是对左翼文艺界内部长达三十年的不同势力、派别斗争的总结和清算。在3月5日座谈这一文章的会议上，邵荃麟、张光年、林默涵、袁水拍等都指出，周的文章，不仅分析、总结了反右派斗争，而且分析了这场斗争的历史的、阶级的根源，“对长期以来我国左翼文艺运动中的分歧和争论，也提供了一个澄清和总结的基础”。他们终于理清楚了这一线索，即丁玲、冯雪峰、胡风等，都是“混进”革命文艺队伍中的“资产阶级分子”，并以不容置疑的口气坐实了这样的论断：过去的“两个口号”“民族形式”的论争，都不是学术观点分歧，而是两个阶级、两条路线的斗争。这样，从20年代到50年代，“混进”左翼中的资产阶级的作家，其组成便包括“托派分子”王独清，“第三种人”胡风和冯雪峰，延安时期的王实味、丁玲、萧军，以及50年代的秦兆阳、钟惦棐等。

三　试图改变路线的努力

50—70年代，文艺界所确立的规范和路线，一般说来是稳固的，但也不是说没有受到挑战。这种挑战最重要的有三次：一是胡风等人的活动，一是50年代中期文学界的“鸣放”和艺术创新，另一次则是周扬等在60年代初所做的“调整”，最后一次因在性质上和前两次有所不同，将放在本章最后一节加以评述。

“胡风集团”在40年代末到50年代初，就已被置于受批判的地位上，除胡风的文学理论之外，还涉及阿垅、鲁藜、路翎、舒芜、吕荧等人的理论、诗、小说。1952年，《人民日报》在发表“胡风集团”成员舒芜检讨自己错误的文章[①]时所加的编者按语中，给胡风的文艺思想做出“实质上属于资产阶级、小资产阶级的个人主义的文艺思想”的“定性”。在召开有胡风本人参加的讨论胡风文艺思想座谈会上[②]，何其芳、林默涵做了长篇发言，后整理成题为《现实主义的路，还是反现实主义的路？》《胡风的反马克思主义的文艺思想》的文章发表。

胡风等明白，这些都不是个人的看法，这些批评有着严重背景。不过，胡风是个“理想主义者”[③]，他坚信自己主张正确，在将来会取得“胜利”，且认为会得到毛泽东的支持。他把这些矛盾，看成是他与周扬等人的矛盾。1954年7月，他在其追随者的协助下，写成近三十万字的题为《关于解放以来的

---

① 6月8日，《人民日报》转载《长江日报》5月25日发表的舒芜的《从头学习〈在延安文艺座谈会上的讲话〉》，检讨他《论主观》等的错误观点。

② 1952年12月由全国文协（即后来的作协）召开“胡风文艺思想讨论会”。林默涵、何其芳发言所整理的文章，刊于《文艺报》1953年第2、第3号上。

③ 胡风于1934年5月在《文学》创刊周年增刊上发表《理想主义者时代回忆》一文，称自己是“理想主义者”。

文艺实践情况的报告》的“意见书”，送交中共中央，对当时文艺界主要领导人的文艺思想、政策、措施，全面发难。其中最主要的部分，一为“关于几个理论性问题的说明材料”，主要是针对林默涵、何其芳的批评文章所提出的反批评，并重申他在文艺理论问题上的观点。二是“作为参考的建议”，提出他有关文艺工作的系统设想。到了1954年年底，中国文联、作协主席团在召开会议批判《红楼梦研究》，并检查《文艺报》“错误”时，胡风误以为中共中央、毛泽东认可他的意见，对周扬等的工作不满，发起全面挑战的时机已到，便在会上两次长篇发言。以此为契机，在毛泽东直接策划下，从1955年起，文艺界展开了反胡风的批判浪潮。这一批判运动，在5月《人民日报》三次公布胡风及其追随者个人往来信件（它们成为“罪证”）之后，“升级”为对“反革命集团”的批判，胡风于5月18日被公安机关逮捕入狱。先后被捕的“胡风分子”达几十人之多。

第二次试图改变已确立的文学路线、政策的努力，发生在1956年年底到1957年春天。1953年斯大林去世以后，当时的苏联、东欧社会主义国家的形势发生重要变化，在政治、经济、文化体制上要求变革的潮流弥漫开来，也影响了中国的思想界、文学界。毛泽东从建立中国模式的现代国家的思路出发，提出了发展科学、文化艺术的“双百方针”（百花齐放、百家争鸣），而中国有独立思想和创造性的作家，早就对僵化、教条式的文学理论、文学政策不满。在这种情况下，他们对若干重要的理论问题提出质疑，并要求调整、改变当时所推行的文艺方针、政策。与此同时，一批在一定程度上背离“规范”的作品陆续出现（王蒙、刘宾雁等人的小说、特写等）。

当时，起来要求调整、改变路线的作家的努力，主要集中在两个方面。第一，对苏联的社会主义现实主义和毛泽东的《讲话》的有限度的怀疑，批评上述文学观点片面强调文学对政治的依附、服务的地位，而要求重视文学特性，保护现实主义文学对“真实性”的尊重。第二，批评、反对在文学创作上的粗暴干涉的状况，温和的则提出“改善党对文艺的领导”，激烈的则怀疑这种控制、“领导”的必要性、有效性：“谁能告诉我，过去是谁领导屈原的？谁领导李白、杜甫、关汉卿、曹雪芹、鲁迅？谁领导莎士比亚、托尔斯泰、贝多芬和莫里哀？”[①] 当时，影响较大的批评、理论文章有：秦兆阳《现实主义——广阔的道路》、陈涌《为文学艺术的现实主义而斗争的鲁迅》、周勃《论社会主义时代的现实主义》、

① 吴祖光：《谈戏剧工作的领导问题》，《戏剧报》1957年6月。

刘绍棠《我对当前文艺问题的一些浅见》、钱谷融《论“文学是人学”》、巴人《论人情》、钟惦棐《电影的锣鼓》、黄秋耘《刺在哪里？》、蔡田《现实主义，还是公式主义？》、唐挚《烦琐公式可以指导创作吗？》等。另外，许多作家的观点是在座谈会上发表的。他们的一些基本主张，与在1955年已被“彻底批判”的胡风的观点相衔接。

但是，这一次的挑战也以失败告终。在反右派运动中，大批敢于对文学“规范”提出异议、试图探索“新路”的作家，都成为右派分子。他们中较知名的有冯雪峰、丁玲、艾青、陈企霞、罗烽、白朗、秦兆阳、萧乾、吴祖光、徐懋庸、姚雪垠、李长之、黄药眠、穆木天、傅雷、陈梦家、孙大雨、施蛰存、陈学昭、陈涌、钟惦棐、王若望，以及青年作家刘宾雁、王蒙、邓友梅、刘绍棠、从维熙、公刘、白桦、邵燕祥、流沙河、高晓声、陆文夫、张贤亮，等等。

四　分歧的性质

中国左翼文艺内部的矛盾、冲突，存在着复杂的原因。如果从理论上，从左翼文艺运动的方针政策上去考察，则牵涉到有关中国左翼文学的基本形态和发展道路的不同理解。纵观从

20年代到70年代的这一文学发展过程，大体上能清理出中国左翼文学的三个主要的理论派别。一是以冯雪峰、胡风为代表的，包括50年代的秦兆阳等。另一则是文化上的激进派，这一派别在“文化大革命”前夕和“文化大革命”中，控制了文艺界的领导权，其代表有江青、姚文元等。还有一个派别，是以周扬为代表的，包括50年代以后文艺界主要领导人林默涵、邵荃麟等。在30年代到50年代前期，以冯雪峰、胡风与周扬为代表的派别之间的冲突占据主要位置，而1958年以后，在胡风等被“清除”出左翼文学界之后，周扬等与激进派的矛盾便开始突出起来。需要说明的是，不同派别的矛盾，在许多时间里常常交错在一起。另外，它们的代表人物的观点、主张也时有变化。最明显的是周扬等人，他们有时表现出更靠拢激进派的主张，但在后期，在许多重要问题上，则接近他们的论敌胡风、冯雪峰的立场。

虽然周扬与冯雪峰、胡风有矛盾和激烈的冲突，但他们也有重要的共同点。他们都无一例外地把自己看作是马克思主义者，坚持的是“真正的”马克思主义文艺观。他们都表示拥护毛泽东的《讲话》（虽说胡风可能会有不同看法，但很少公开批评；即使70年代末出狱后，仍再三表示他对中共、对毛泽东的忠诚）。他们也都不赞成文艺与政治无关论，认为从广义上说，文学是人民革命斗争、是思想启蒙的武器。不论周扬、邵荃麟，还是胡风、冯雪峰，都尖锐地攻击朱光潜等所主张的文学的“康德式”的“无所为而为的现实主义”。他们也都倡导、推崇“现实主义”。现实主义在他们那里，有时被看作是自古以来（在中国，据说从《诗经》就已开始）就存在的“创作方法”（或精神），有时被看作文学史上特定的思潮，有时则被看作是作家应普遍遵循的创作态度、“原则”。

他们存在的一些重要分歧，则根源于有差别的观察、考虑问题的立足点。他们虽然都强调应从中国现实生活、从中国革命任务出发来考虑文学诸问题，但是，对周扬等（也包括20年代末太阳社、创造社的成员）来说，他们常有一种理论的纯粹性的欲望。他们对于中国历史和现实的实际状况缺乏具体深入的考察，其主张、政策，更多是从“理论”中演绎出来。相比起来，胡风、冯雪峰等的理论基点，与现实生活、与文学创作的亲身体验有更密切的关联。立足点的差异，导致在若干问题上的歧见[①]：

① 胡风的主要理论著作，见人民文学出版社1984—1985年版的《胡风评论集》（上、中、下三册）。周扬30年代至80年代的批评论著，见人民文学出版社出版的《周扬文集》。冯雪峰的理论、杂感文字，见人民文学出版社1981年版的《雪峰文集》。

（一）关于文学与政治、实践（生活和艺术）与观念的关系，这是左翼文坛长期争论不休的问题。相对而言，周扬等更强调理论、思想观念的重要性，认为对作家来说，“正确的世界观”应置于第一等重要地位上，作家应认识“彻底地把握无产阶级政治观点的必要”。胡风、冯雪峰也承认思想、世界观的重要性，但他们认为，更重要的是生活实践和艺术实践：思想问题、世界观问题是表现在作家对现实的关系上的，只有在“实践”中才能表现出来，也“必须”在“实践”中去解决。离开作家实践去谈思想、政治问题，都是抽象、空洞的。胡风还认为，“真实的现实主义的创作方法”也就是现实主义的“艺术实践”，“能够补足作家底生活经验的不足和世界观的缺陷”。

（二）关于现实主义。周扬、胡风、冯雪峰等，都提倡“现实主义”创作方法，并申明这种现实主义与西欧、俄国19世纪的“旧”现实主义不同。因此，在这一概念前面，他们经常冠以“新”、“革命”或“社会主义”等限定语。不过，他们的侧重点也有不同。周扬等更多接受苏联30年代作家协会章程中对“社会主义现实主义”所做的规定，即文学在反映现实时，要“从革命历史发展上”来描写生活，并注重文学对民众的教育作用。而胡风、冯雪峰的“现实主义”则更多承接19

世纪法、俄现实主义的“批判生活”的性质，以及鲁迅所代表的文学承担“思想启蒙”的责任。对后者来说，他们更深切注意到古老的中国在“现代化”过程中的沉重负担，对民众的生存状况和精神状态有较切合事实的体察。他们认为，中国的“传统”和老百姓的生活、精神，一方面是韧性的战斗力、原始性的生命力，另一方面则是奴性的卑贱和苟安。胡风提出了著名的“精神奴役的创伤”的命题，要求作家“对于一切的麻木，一切的污秽，一切的混乱，随时随地感到难堪或悲愤，用了最大的警惕心去告发，去抨击”。

（三）创作上主客观的关系。周扬和毛泽东一样，重视“深入生活”对创作的重要性，而胡风则一再申明作家的创造力、热情在创作中的地位。他认为，文学创作是主客观的融合，这种融合如果表现出色，那就一定表现了主体对客体的主动态度。他用了一组富紧张性的感性字眼来说明这种融合过程，这就是“肉搏”“搏斗”“突进”“拥抱”“相生相克”。胡风认为，文艺虽是社会斗争的产物，又是用来进行社会斗争、思想斗争的武器，但“也不能不是作者的内心的矛盾斗争的产物”，“不能不是肉身的东西，不能离开个人的灵魂与血肉的”。对于作家的这种“主观战斗精神”、作家的“热情”，他强调的是受磨难的痛苦。“热情”与“受难”，在胡风那里是同义的。他指出，如果在生活经验和艺术创造中抽掉了这种“受难（passion）精神”，那将是“艺术的悲剧”。因此，胡风等特别推崇揭示心灵搏斗的受难式作品。这是他们为什么拒绝那种肤浅的、颂歌式作品的原因。从推崇作家“主观战斗精神”出发，胡风等也反对“冷静”“观照”式的文学。胡风对主观精神的强调，当用来对抗左翼文艺主流派长期忽视作家主体性和艺术创造的复杂性时，有其合理因素；而当他们用这一主张去规范一切作家、作品，而攻击朱光潜、林语堂、周作人、沈从文所提倡的审美距离、“冷静美学”时，则表现了他们的偏颇。

（四）关于中国新文学传统与发展道路。对于五四以后的中国新文学，胡风等认为是十八九世纪“西欧文艺”的继续。在《论民族形式问题》中指出，“以市民为盟主的中国人民大众底五四文学革命运动，正是市民社会突起了以后的，累积了几百年的世界进步文艺传统底一个新拓的支流”[①]。他强调新文学是与民族旧传统决裂的产物。对于那种提出继承、发扬

---

① 胡风在50年代的《意见书》中，说自己原先的“以市民为盟主”的说法是错误的，“违反了毛泽东的分析和结论的”。但在《意见书》中对这一问题的具体说明，却充满矛盾。

民族“优秀传统”才能克服新文学缺点的看法，以及“民族化”，建立民族形式、向“民间文艺”学习等主张，在他看来都是“民族复古主义”，而持批评态度。在这方面，他显然与毛泽东对五四新文化运动对待“遗产”态度的批评，站在相对立的立场上。

在对中国左翼文艺运动历史及现状的评价上，周扬与胡风、冯雪峰也常常意见相左。周扬等在谈及左翼文学存在的问题时，通常总是倾向于防止文学脱离政治的“非政治”化倾向，而胡风、冯雪峰则多次指出左翼文学最主要问题是“机械论”教条主义的统治，是存在“主观公式主义”，或“标语口号倾向”的“反现实主义”的创作倾向。在40年代中期，在50年代初，都存在这种估价上的激烈冲突。[①]

从马克思主义文学理论的范畴上来考量，胡风、冯雪峰与周扬等的分歧是带有原则性质的。胡风等在各个时期提出左翼

---

① 1953年第二次文代会召开前夕，决定由冯雪峰起草大会总报告。冯在报告草稿中，着重列举新中国成立后文艺界的严重问题。并在1953年6月的一次会议上，批评许多作家是“奉命体验生活”“奉命写作”，作家的能动性、独立思考能力，“好像是被谁剥夺了”，“我们没有形式上的管制，而是思想上的管制”。冯雪峰起草的报告，在中共中央宣传部由胡乔木主持，周扬、邵荃麟、袁水拍、冯雪峰参加的会上被否决，文代会报告改由他人另行起草。

文学的种种显而易见的弊端，也有积极意义。但是，胡风、冯雪峰等都是现代文学史上的悲剧人物。这指的是他们一再受到“主流派”的排挤、打击的遭遇。说他们是“悲剧人物”，还由于这种特殊处境：他们至死都认为是忠诚的马克思主义者，自由主义作家视他们“左”得出奇固然是情理中事，而左翼文坛主流派则视他们为“右派”，为“异类”。他们受到两面夹击。况且，由于胡风及其追随者结成有强烈宗派情绪的集团，对一切不同意他们意见、创作主张，风格与他们有异的作家，都采取排斥、攻击的态度。[①] 这就使他们在行进中更形孤立，以至许多值得赞赏的努力，在一个时期里却没有能获得相应的同情和理解。

五　文化激进派的崛起与周扬的悲剧

在中国左翼文艺运动中，周扬通常被认为是左翼文艺理论

---

① 胡风等在他们的文章和来往信件中，对中国现代作家的许多人都有严厉批评、攻击。如批评曹禺《北京人》是“仅仅为了安慰痛苦的梦”，《蜕变》有“最卑鄙的市侩主义成分”，刘白羽、沙汀、臧克家等是“现实主义的叛徒”，郭沫若是“近百年中国文化的罪恶产儿”……对茅盾、邵荃麟、巴金、何其芳、卞之琳、杨晦等，也多有指责、攻击。

的代表者，也是左翼文艺在许多时期的领导人。同时，他也被认为是毛泽东的文艺主张的主要阐释者，且是50年代以后十七年间文艺政策的主要制定者和实施者。在这种情况下，当他在毛泽东所发动的“文化大革命”中成为“文艺黑线”头目受到打击、清算时，许多人感到意外。

事实上，周扬（也包括邵荃麟等）在文学思想上，在中国应该建立怎样形态的革命文学上，与毛泽东的看法并不总是一致。在40年代初以后的二十余年中，他是动摇于胡风、冯雪峰一派（要求与西欧、俄国“批判的”现实主义保持更多联系）与文化激进派（主张“不断革命”以建立全新的“无产阶级文艺”）之间。在许多时候，他的文学思想更接近于毛泽东的主张。[①] 在他与毛泽东出现距离、矛盾时，也紧张地、努力地去保持与毛泽东一致的步调。然而，随着“激进派”在50年代末，尤其是60年代的“崛起”，他们之间的冲突开始尖锐化，

---

① 30年代，周扬在《现实主义试论》《文学的真实性》等文中，表达了与后来毛泽东关于文学与政治关系的相近的观点。如认为“愈是贯彻着无产阶级的阶级性、党派性的文学，就愈是有客观真实性的文学”，“在广泛的意义上讲，文学自身就是政治的一定形式，关于政治和文学的二元论的看法是不能够成立的”，“文学斗争非从属政治斗争的目的，服务于政治斗争的任务不可”。

进而酿成中国左翼文艺史上的另一场悲剧。

周扬1937年到延安，在担任鲁迅艺术文学院负责人期间，在文学教育上实施的是后来被批评为“关门提高”的方针；作为学员学习范本的，除五四以后的新文学作品外，大多是西欧、俄国十八九世纪的文学名著。40年代初发表于延安《解放日报》上的《文学与生活漫谈》一文，批评了那种认为有生活就有文学的看法，他强调的是学习、读书、艺术技巧，并且提出了文学创作要“深历了‘语言的痛苦’”这一左翼文学家极少涉及的问题。在讲到作家创作过程时，他使用了类似胡风使用的词语，如主观对客观的“融化”“突入”“用血肉和生活搏战”，甚至推崇一种“清澄如水，洞彻万物”的心境的创作境界，并借用王国维的说法称这种境界为“意境两忘，物我一体”。这显然离开了他坚持的文学反映论和文学的党派性原则。后来在毛泽东所发动的延安文艺整风中，他的“鲁艺”办学方针受到批评。在摧毁了王实味、丁玲、艾青等要求尊重文学特殊性与作家独立地位的“反叛”性要求之后，周扬的文学观点发生向毛泽东靠拢的变化。他撰文批判王实味对文艺政治目的的否定，强调作家深入工农兵生活的重要性，提倡秧歌剧、快板、街头诗等大众化或民间的艺术样式。甚至绝对地认为，“文艺工作者应当而且只能写与工农群众的斗争有关的主题”，强调文学要“反映政治，服务政治”，要“站在一定的政策思想水平上回答群众从实际斗争中提出的问题”。

在50年代，周扬也强调文学与政治关系与现实政治工作的配合，强调写工农兵英雄人物。他提出要“坚决贯彻毛泽东的文艺路线”，宣称毛泽东的《讲话》“规定了新中国的文艺的方向”，并开展对胡风文艺思想的批判。不过，对毛泽东发动的一些批判运动，他显然没有思想准备（如批判电影《武训传》、批判《红楼梦研究》），有的批判运动的发展也可能出乎他的意料（如胡风等成为“反革命集团”）。在1957年年初的“鸣放”期间，他也曾一定程度支持文艺界改革派的某些主张。但是，出于自愿，或出于无奈，作为当时文艺界主要负责人，与毛泽东的观点、路线保持一致是最为重要的。因此，他在批判运动开始后发出“我们必须战斗”的号召，最后往往以领导者身份出来进行系统总结。他颂扬解放区文学的成绩，发表《坚决贯彻毛泽东文艺路线》的文章，和郭沫若一起编辑《红旗歌谣》，以响应、支持毛泽东提出的对新民歌、对革命浪漫主义的推崇，并在毛泽东1962年年底提出“千万不要忘记阶级斗争”之后，发表《哲学社会科学工作者的战斗任务》的长文，再一次予以响应。

不过，周扬等在最后，还是被激进派作为“异己”而清除。文学观点、政策上的分歧，应被看作主要根据。毛泽东是政治家，他看重“意识形态”的作用，他毫不犹豫地将文学纳入政治运作的轨道。周扬毕竟有自己的文学理想，不愿看到文学完全成为政治的“附庸”，不愿看到“革命文学”成为一种政治“宣传品”。这种分歧，1958年以后开始突出。

1958年年初，在周扬的《文艺战线上的一场大辩论》中，毛泽东在其中加上一段话，说经过这些批判运动，为解放文艺的生产力创造了条件，以后无产阶级的几路、几十路大军就可以驰骋了。在毛泽东看来，清扫地基的工作已到一个段落，在“破”的基础上建立真正的、有民族特色的无产阶级的文艺被提上了日程。在这一年，毛泽东指示要搜集民歌，认为中国诗的出路，第一条是民歌，第二条是古典，在这个基础上产生出新诗来。他并提出了一种称为“革命的现实主义与革命的浪漫主义相结合”的创作方法，而把原来包含在“社会主义现实主义”这一命题中的“革命浪漫主义”更加突出，更加提倡从观念、从政治乌托邦目标、从浪漫激情出发来“虚构”现实的图景。与此同时，号召工人农民士兵“破除迷信”进入文学领域，也是这一激进的文化战略的重要内容。毛泽东的文学路线的实施，其结果是1958年以后文学创作、批评的全面衰退。

周扬等自然紧跟这些激进的主张、措施，但这种文学路线肯定使他们感到不安。他和邵荃麟等一方面承认五四以后的作家思想创作存在着严重缺陷，另一方面却又积极整理、总结30年代左翼文艺运动的成果。在北京大学关于“文艺与政治”的演讲（1958年12月）中，在文艺服务政治的前提下，他们批评在文艺与政治关系上的庸俗化理解，对将文学作为政治工具的看法提出质疑，并将西欧的文艺复兴、启蒙运动、19世纪批判现实主义，称为人类近代文艺的三大高峰。周扬、邵荃麟等意识到他们与毛泽东之间的距离，而建立一种与人类精神遗产（尤其是他们所熟悉的欧洲、俄国文学遗产）牢固继承联系的、有很高艺术价值和精神魅力的文学，这一理想，使他们无法将文学当作一种工具性的手段看待。特别是，他们在实质上都是以人道主义作为精神核心的启蒙主义者，在运用文学这一“人生教科书”去培养何种理想的人格和人性精神这一点上，也一定要与文化的激进派发生冲突。

果然，在60年代初，当毛泽东因“大跃进”的失败而被迫暂时退居幕后，国家在政治、经济、社会生活等方面实施纠正错误的时机下，周扬、邵荃麟等便开始了一系列的活动，以改变毛泽东的激进的文学路线。这包括召开多次批评文艺工作“左倾”的会议，[①]发表题为《题材问题》的《文艺报》专论和《为最广大的人民群众服务》的《人民日报》社论，起草、制定最后由中共中央宣传部发布的《关于当前文学艺术工作若干问题的意见》（简称《文艺八条》）。在多次会议上，周扬等发表长篇讲话，激烈抨击文艺对政治简单依附的观点，批评学术研究、文学批评以解“经”（马列著作、毛泽东著作）为目标的风尚，以及忽视接受人类文化遗产的偏向。所有这一切，从文学角度上，又都为了强调文学的特质和作家创作在题材、风格上某种程度的自由，并强调革命文学的发展应建立在对人类文化成果继承的基础上。这样，在60年代初，周扬、邵荃麟在目睹文化激进路线导致的文学贫困化之后，在若干重要问题上，靠拢了他们原先的对手——胡风、冯雪峰的立场。[②]

---

① 最重要的有：1961年4月高等学校文科教材编选计划会议，同年6月全国文艺工作座谈会，6月至7月的全国故事片创作会议；1962年2月为筹备纪念毛泽东《讲话》发表二十周年会议（“新侨会议”），同年3月全国话剧歌剧创作座谈会（“广州会议”），8月农村题材短篇小说创作座谈会（“大连会议”）等。

② 在1961年的全国文艺工作座谈会上，周扬说：……胡风是反革命，对我们做了恶毒的攻击，但经常记得他攻击我们什么，对我们有好处。他有两句话我不能忘记，一句是“二十年的机械论统治”，如果算到现在，就是三十年了……我们要认真考虑一下，在我们这里有没有教条主义。胡风还有一句：反胡风以后，中国文坛就进入中世纪。我们当然不是中世纪，但是如果我们仍搞成大大小小的“红衣大主教”“修女”“修士”，思想僵化，言必称马列主义，言必称毛泽东思想，也是够叫人恼火的就是了。

然而，这也就埋下了他们悲剧命运的根由。1963年以后，当中国左翼文化的激进派全面控制政治、文化等领域之后，对周扬等的清算的时机也就到来了。毛泽东于1963年、1964年的两次批示，对江青的“样板戏”的支持，陆续开展的批判运动，以及1966年《部队文艺工作座谈会纪要》的颁布，宣告了长达十余年的激进路线统治时期的开端。胡风、冯雪峰以及后来的周扬、邵荃麟所忧虑的、所想要避免的局面，终于全面实现。

六　激进派的实验——“文革文学”

从1963年、特别是1966年以后，以江青、张春桥、姚文元为首的文化激进派全面控制了文学（文化）界，并积极推动建立“真正的”无产阶级文艺[①]的试验。一方面，开展了大规模的批判运动，涉及的有“写中间人物”论、“写真实”论、“现实主义深化”论、“题材无差别”论等理论问题，以及《海瑞罢官》（京剧，吴晗）、《李慧娘》（昆曲，孟

① 张春桥曾说，无产阶级文艺“从《国际歌》到革命样板戏，这中间有一百多年是一个空白”。初澜在《京剧革命十年》中也说：“过去的十年，可以说是无产阶级文艺的创业期。”见《红旗》1974年第4期。

超）、《谢瑶环》（京剧，田汉）、《燕山夜话》（杂文集，邓拓）、《早春二月》（电影，谢铁骊）、《兵临城下》（电影，林农）、《抓壮丁》（电影，沈剡、陈戈）、《林家铺子》（电影，水华）等文艺作品。[①] 另一方面，则利用掌握的权力，调集优秀的创作、表演人才，精心制作“样板”作品，即在当时被称为“革命样板戏”的《红灯记》（京剧）、《沙家浜》（京剧）、《智取威虎山》（京剧）、《海港》（京剧）、《红色娘子军》（芭蕾舞剧）、《白毛女》（芭蕾舞剧）等。后来，“文化大革命”中出现的一批作品，如中长篇小说《牛田洋》（南哨），《虹南作战史》（上海《虹南作战史》写作组），《金光大道》《西沙儿女》（浩然）；短篇小说《初春的早晨》（清明），《一篇揭矛盾的报告》（崔洪瑞），《特别观众》《典型发言》（段瑞夏），《金钟长鸣》（立夏），《第一课》（谷雨），《严峻的日子》（伍兵）；诗《西沙之战》（张永枚）、《锁链·铁锤》（仇学宝等）；电影《春苗》《欢腾的小凉河》《反击》；话剧《千秋

① 对吴晗写于1961年的《海瑞罢官》、邓拓的《燕山夜话》和邓拓、吴晗、廖沫沙的《三家村札记》的批判，是“文化大革命”开始阶段的重大事件。最重要的批判文章是由姚文元署名的《评新编历史剧〈海瑞罢官〉》和《评“三家村”——〈燕山夜话〉〈三家村札记〉的反动本质》。

业》《盛大的节日》等，被认为是体现了激进派的创作原则和创作方法的作品。另外，《部队文艺工作座谈会纪要》，以及用初澜、江天、梁效、任犊、丁学雷、“上海革命大批判写作小组”等署名[①]发表的文章，系统地提出了理论上的说明。

“文革文学”引人注目的特征是政治的直接“美学化”。周扬、胡风文艺思想的政治性—真实性—艺术性的结构，在激进派这里，成为政治—艺术的直接关系。在当代中国文学中常用来联结政治与艺术，协调它们之间的紧张关系的“真实性”，已被从这一结构中“拆除”。当代作家在创作的“真实性”问题上的“感觉怎样”“应该怎样”“实际怎样”之间的犹疑和困惑，变成对“应该怎样”的认定。文学写作成为政治观念、经验、情感（通过形象化的手段）的阐释物，文学事实和文学活动成为政治事实和政治活动。他们做出了打破日常生活与文艺的界限的努力，不论是样板戏和电影《春苗》《反击》的创作和演出，还是《西沙之战》《初春的早晨》等作品的发表，都具有明确的政治含义，实际上也都是一种政治行动。

---

① 初澜、江天是当时江青、姚文元所控制的文化部写作组所用的笔名。丁学雷、任犊是上海市写作组的笔名。

“文革文学”的结构虽然表现为某种观念的论证和展开的模式，但是其表达和修辞则主要依靠“象征”的方式。在对情感的极度渲染的背景下，一系列有确定含义的“意象”的组织，结合直接的说教式议论，是这些作品的统一形态。指向明确的“象征”描写，取代了具体的生活细节和个人化的独特体验的表现。“比普通的实际生活更高，更强烈，更有集中性，更典型，更理想”[①]的象征方法，对于表达政治意图，虚构由“革命”所激发的浪漫想象，可能是一种有效的手段。

把创作和批评的“武器”“交给广大工农兵群众去掌握”，[②]显然是激进派的一项“战略”措施。组织创作组，进行集体写作，是普遍采用的写作方式。要使“工农兵”占领文艺阵地，破除文艺创作神秘和特殊的传统观念便十分重要。对于直觉、体验、艺术天赋、灵感、形象思维等的批判，是为了最大限度地缩减这些非理性成分，使写作和批评成为可以按部就班加以组合和分解的有“理”可循的过程。创作思维过程被表述为这样的唯一公式：“表象（事物的直接映象）——概念（思想）——表象（新创造的形象），也就是个别（众多

① 毛泽东：《在延安文艺座谈会上的讲话》。

② 见《林彪同志委托江青同志召开的部队文艺工作座谈会纪要》。

的）———般——典型”[①]，即为了某一概念和思想而寻找“形象”的过程。当然，对文化遗产和遗产的继承者（知识分子、专业人员）的批判，使创造更多的“样板”经典的宏愿落空。敌视“精英文化”，却没有使他们能够制作出更具“大众文化”特征的产品。对于娱乐性、消遣性可能产生的对政治的破坏和消解作用，他们同样抱有强烈的警惕，这使他们陷于无法摆脱的困境之中。

① 郑季翘：《文艺领域里必须坚持马克思主义的认识论——对形象思维论的批判》，《红旗》1966年第5期。

第五章　创作状况与总体风格

对于50—70年代的创作状况，下面分别就各文学门类作概略评述，并在此基础上对这一阶段文学的风格、艺术形态的总体特征加以提示。

一　诗的政治化

进入50年代之后，下述的诗歌观念制约了整个诗坛。其一是，诗不应表现“自我”的情感和内心世界，而应与其他文学样式一样，去“反映”以工农兵为主体的“新的世界”“新的人物”。另一是，在各种文学样式中，诗能更好地发挥其配合政治的宣传鼓动作用，诗要成为社会生活和政治行动的“炸弹和旗帜”①。

① 这是苏联诗人马雅可夫斯基诗中的句子，50年代在中国诗界被经常引用。

这种诗歌观念，决定了这一阶段诗歌创作在题材、主题、艺术方法上的转移，以及形成的诗体样式的特征。配合政治的宣传鼓动的要求，产生了被称为“政治抒情诗”的特殊诗体，而要求诗要“丰富地深入地反映一个时代的社会生活”，“注意到人物和情节的描写”，[①] 则导致大量叙事诗和叙事性质的抒情诗涌现。

叙事性质的诗，以李季、闻捷、张志民等为代表。他们在组织生活场景和“事件”的基础上表现“新的生活风貌”。这是解放区诗歌叙事倾向在当代的延伸。粗略统计，在50年代发表出版的叙事长诗接近一百部之多。即使抒情短诗，也大都有“人物”“事件”等场景描写的叙事因素。这种诗体和它的艺术方式，在50年代占据主要位置。代表作有李季的《玉门诗抄》《杨高传》，闻捷的《天山牧歌》《复仇的火焰》，张志民的《村风》等。李瑛等青年诗人的写作，也大体上继续这种表现时代生活图景的路向，但有更多的抒情色彩。

“政治抒情诗”则以郭小川、贺敬之为代表。作者往往以“阶级的”“人民的”代言人的姿态出现，来表达对当代重要

---

① 参见中国作家协会编、袁水拍等撰写：《诗选（1953.9—1955.12）》序言，人民文学出版社1956年版。

政治事件和思潮的情感反应。强烈的感情抒发与政论式的理性表达，使这种诗体以理性思辨和激情宣泄为其主要特征。这种诗体，在1958年以后逐渐成为当代诗坛的最重要潮流。这类抒情长诗，最有影响的有贺敬之的《放声歌唱》《雷锋之歌》和郭小川的《致青年公民》《甘蔗林——青纱帐》等。

50—70年代诗歌的全面挫折，直接来自两方面的原因。一方面，是上述的支配诗坛的诗歌观念存在的偏颇；另一方面，是一批有较好素养和艺术潜力的诗人被迫退出诗坛。50年代，当诗坛失去了像冯至、艾青、何其芳、穆旦、郑敏、杜运燮、绿原、牛汉等诗人，而蔡其矫、公刘、邵燕祥等的艺术探索之路又被切断，那么，诗界就失去了其艺术活力的基础。而来自解放区的诗人以及40年代末开始写诗的青年作者，又是在一个人为的文化半封闭状态的诗歌环境里成长，缺乏不同形态的文化撞击所激发的活力，使他们中多数人因此也失去较为宽阔的视野和敏锐的触觉，失去艺术观念和表现方法的多样借鉴。这一阶段的创作，只局限于从社会政治的视角来处理生活现象和感情世界，而失去对人的丰富复杂的心灵世界、精神生活的关心、探询与揭示。另外，诗的个性化程度也受到极大削弱与模糊，艺术创造的个性化与自主性追求都被视为违逆规范的异端，诗人所使用的艺术方法也日见单调划一。

二　小说的题材和样式

比较起来，这一阶段的小说创作的成绩要显著一些。从小说的样式（体裁）上说，短篇小说和长篇小说都得到重视。与80年代中篇小说突然受到青睐不同，这个阶段的中篇值得注意的作品不多。长篇小说的受重视，原因之一与从30年代就萌发的反映大时代风貌、写出历史变迁的“史诗”式作品的动机有关。因此，五六十年代的长篇创作，常有多卷本有较大时间、空间跨度的鸿篇巨制的计划。[①] 而对短篇的重视，显然是看重这种样式在与现实生活、与政治关系上所能发挥的及时、迅捷、敏感的特点，即重视它是一种表现生活变迁的“先驱性”体裁的特点。这个阶段，专事短篇写作的作家主要有赵树理、茹志鹃、

① 梁斌50年代初开始写作多卷本反映农民革命斗争的长篇，后来出版了第一部长篇《红旗谱》、第二部《播火记》、第三部《烽烟图》。周而复的《上海的早晨》共四部，前两部出版于五六十年代，“文化大革命”后出版第三、第四部。欧阳山总题为《一代风流》的长篇共五卷：《三家巷》《苦斗》《柳暗花明》《圣地》《浩浩神州》。李劼人50年代重写的《大波》共四部（第四部没有完成），李六如的《六十年的变迁》共三卷。柳青的长篇《创业史》原计划写四部，但第二部没有最后完成。姚雪垠的《李自成》第一卷出版于1963年，全书计划共有五卷。

王汶石、马烽、李准、林斤澜、峻青、王愿坚等。

长篇小说的出版，主要集中在50年代中后期和60年代初，文学界曾不无夸张、但也并非没有根据地称为长篇的“丰收”期。当时受到较高评价的有《三里湾》（赵树理，1955）、《林海雪原》（曲波，1957）、《红旗谱》（梁斌，1957）、《山乡巨变》（周立波，1958，续篇1959）、《青春之歌》（杨沫，1958）、《上海的早晨》（周而复，1958）、《野火春风斗古城》（李英儒，1958）、《红日》（吴强，1958）、《苦菜花》（冯德英，1958）、《三家巷》（欧阳山，1959）、《创业史》（柳青，第一部1960）、《红岩》（罗广斌、杨益言，1961）、《李自成》（姚雪垠，第一部1961）、《苦斗》（欧阳山，1962）、《艳阳天》（浩然，第一卷1964）等。另外，50年代初的《保卫延安》（杜鹏程）、“文化大革命”前夕和“文化大革命”中出版的《风雷》（陈登科）、《欧阳海之歌》（金敬迈）、《金光大道》（浩然）等，在体现这一时期的创作思想和艺术特征上，也是值得注意的作品。

在当代，作家选择什么题材，在作品中表现哪些方面的生活内容，写哪一类型的人物，被认为是体现作家世界观、政治立场和艺术思想的重要问题。在这样的创作观念之下，这一阶段小说创作的题材主要集中在两个方面。一是“革命斗争”题材。这指的是中共领导下的三四十年代的与国民党政权的斗争（包括国内战争和城市的“地下工作”）以及抗日战争等。这些作品的主题，在于肯定通过革命手段以建立现代民族国家的历史意义及其合法性，并重申战争年代所确立的价值观（极度强调群体意识与献身精神，限制与压抑个人欲望和个体独立性）作为重整崩坏的社会秩序、重建民族自信心的精神支柱。献身精神、毫不改易的目标感以及经受折磨的不屈意志，是这些小说的主题，也是其中人物的思想性格特征。革命题材的小说一般都出自亲历者之手，因而常带有亲身体验的色彩。英雄主义和浪漫色彩，是它们的共同特色。在以正邪和善恶来“条理化”复杂生活内容上，在设置若干传奇色彩的情节和严峻考验的事件来突出英雄意志上，这些作品带有传统传奇小说的某种形态特征。不过，当代政治更重视的是秩序化与规范化，因此，浪漫与传奇因素也需要加以限制与规整，纳入规则之中。它们无一例外地会清除战争生活中所能体验到的“荒谬”成分，避免触及家庭、个人幸福与战争、死亡之间可能发生的冲突（如果稍稍触及，必定会受到批评，如刘真的《英雄的乐章》）。它们也十分警惕浪漫、传奇小说中的臆度性夸张描写，可能会对严肃的重大主题造成的破坏和对作品艺术上的“真实性”产生的损害。不过，像《青春之歌》《红旗谱》《三家巷》《林海雪原》以及孙犁的《山地回忆》、茹志鹃的《百合花》等，作家的生活体验有时能越过规则的限制，革命思想与情感的表达有更多的人性色彩而在当时赢得大量读者的喜爱。

小说题材的另一集中点，是表现现实社会生活，尤其是农村生活。这时期的许多作家来自农村，中国现代革命的“根据地”就在山区、农村，中国作家中许多人也认为，农民问题是关系现代中国命运、前途的问题。写农村生活的作家，在当代主要有赵树理、柳青、周立波、王汶石、李准、马烽、浩然等。《三里湾》（赵树理）、《创业史》（柳青）、《山乡巨变》（周立波）等长篇，以及其他作家的一批短篇作品，被看作能代表农村小说所达到的成就的代表作。应该说，像赵树理、周立波、柳青等作家，对中国农村，对农村文化、农民心理，都有相当深入的了解。他们（尤其是赵树理）那些重视农村传统习俗和心理的创作，也具有较高的价值。而他们受到的损害，则在于有意无意地按照现实的政策观念去观察、剪裁生活，并以此作为确立作品主题、情节、人物性格的依据。[①]因

① 柳青在谈创作的《提出几个问题来讨论》（载《延河》1963年8月号）中，集中地表明他这种按政策要求去观察、剪裁生活的创作思想。

此，在他们最好的作品里，也都存在这样的矛盾：一方面是某些真实的、有生活气息和深度的描写，另一方面是某一时期规定的以农村政策作为框架的整体构造。这两者的冲突，在作品中产生无法弥合的裂痕。

三　走向中心位置的戏剧

戏剧（主要是话剧）在50—70年代是受重视的文学（艺术）样式。三四十年代著名的剧作家，如曹禺、夏衍、李健吾、吴祖光、袁俊、田汉、洪深、陈白尘等，在这个时期有的停止写作，有的虽还有作品问世，水准已大为下降。一些老作家，主要从事“历史题材”的创作，如郭沫若的《蔡文姬》《武则天》，田汉的《关汉卿》《文成公主》，曹禺的《胆剑篇》等。对中国现代剧作家来说，站在现代政治和社会情绪的基点上来阐释“历史”，从中发现“诗情”，是他们一贯的创作方法。不过，当代的这些历史剧，显然过于“现代化”和政治化。现实政治观念对“历史”的“入侵”既显得过分，也有些勉强。

在众多剧作中，老舍的三幕话剧《茶馆》至今仍保持其生命力，而且对80年代的“京味”话剧仍产生强大影响。《茶馆》的成功，得益于老舍对旧北京生活风情的深谙和在此基础上的提炼，在运用一种“松散”的长卷形式加以表达上也有其创造性。另外，它的成功，还有赖于北京人民艺术剧院有造诣的导演、演员的出色创造。除《茶馆》外，老舍在十多年间还创作了二十多部多幕剧，可惜大部分并不成功。

从1963年开始到整个“文化大革命”期间，戏剧的地位更为突出，以至居于文艺的中心位置。戏剧既是毛泽东选择用来进行政治斗争的“突破口”（对吴晗《海瑞罢官》的批判），也是江青等用来创建无产阶级新文艺、开创“无产阶级文学新纪元”的“样板”形式。江青选择京剧、芭蕾舞，据她说是为证明这些在音乐、唱腔、表演上已形成固定程式的艺术形式都可以进行革命性改造，其他形式就更毫无问题。其实，成熟的程式和深厚的艺术经验积累是某些“样板”获得成功的保证。江青等利用掌握的权力，调集优秀的创作、表演人士[①]，使《沙家浜》《红灯记》《红色娘子军》等“样板戏”在所确定的创作思想与美学规范之内，获得相当的成功。

戏剧的走向中心，另一含义是它在60—70年代对文学的其

① 如当时人才荟萃的中国京剧院、北京京剧团、上海芭蕾舞团等演出团体，以及袁世海、谭元寿、高玉倩、赵燕侠、刘长瑜、于会泳、殷承宗等表演艺术家、音乐家等。

他样式产生的巨大影响上。在50年代前期，小说的“中心”地位得到继续，小说艺术的观念、方法对诗、散文等都有明显的渗透。如诗的叙事化，以及要求诗、散文也承担“反映”“各条战线”的生活，并运用诸如“真实反映”“典型性”“形象鲜明”等小说艺术的批评用语来作为衡量诗的标准。散文、通讯报告的“小说化”趋向在这个时期也很突出。

不过，从50年代后期，尤其1963年开始，文学样式的关系发生了错动，戏剧的重要性得到强调。这自然是左翼文艺对戏剧、电影重视的这一传统的延伸，而且与当代政治领导人的个人爱好有关。不过，从艺术形式上看，这种重视的原因很大程度上基于戏剧的这一特性：戏剧与诗、小说不同之处在于，戏剧不仅是一种交流工具，它本身就是交流。作者、导演、演员在集体创作中与剧场观众共同体验一种人生经验，合力构造一个想象的世界。因此，左翼文艺家如果想更出色地发挥文艺的宣传鼓动效用，戏剧无疑是理想的样式。况且，对不识字或识字不多的大众来说，也是他们可以选择的较佳形式之一。

戏剧对另外的文学样式产生的强大影响，主要表现在诗、散文、小说构思的场景化上。按照戏剧冲突的结构来构撰诗、散文、小说，通常有开端、发展、高潮、矛盾解决的套式。即使是并不出现人物、情节的“政治抒情诗”，感情的抒发宣泄也沿袭戏剧冲突的波澜的轨道。小说中的人物，也大都“角色化”（在冲突中明确的地位），并且充满了人物间的戏剧台词式的对话。文学样式向戏剧的这种靠拢，无疑地有助于文化激进派表达如下的世界观：一个可以截然划分为对立两极的世界（包括社会力量、自然现象、情感和心理世界），需要通过展开对立的斗争来解决其中存在的矛盾。

四 “高雅”文学与大众文学

毛泽东在《讲话》中承认，在文艺创作中，既有“高级的文艺”，又有“为今日最广大群众所最先需要的初级的文艺”，后者他又称为“普及的东西”，前者则是“高级的作品”。他着重批评了文艺界轻视、忽视普及的错误倾向，但也指出在普及基础上加以提高的必要性。所有这一切，都是言之成理的。不过，在无产阶级的文学结构内部，是否可以同时存在高雅文学和大众文学，作家是否可以有不同艺术追求的分工，以及“高级”的、“普及性”的、“初级”的这些概念究竟是何种含义等问题，并没有明确阐述。

五四以后，通俗的大众文学的发展虽然受到一定程度的抑制，但仍有其独立的发展线索。这包括歌谣式的诗、故事和寓言、通俗剧等。其中，用章回体写作的言情与武侠小说，是大众文学的主要样式。周瘦鹃、范烟桥的《孤掌惊鸿记》、程小青的《霍桑探案集》、平江不肖生的《江湖奇侠传》、张恨水的《啼笑因缘》等作家作品，通常受到左翼作家的批评和否定。不过，在30年代，左翼文坛并没有形成自己独特的大众文学的创作路线和成果。倒是在以延安为主的根据地和解放区，大众文学得到明显的发展。无论是《兄妹开荒》等秧歌剧，《白毛女》等新歌剧，还是李季、毕革飞的诗、快板，以及赵树理、孔厥、马烽等的小说，都属一种“革新”的大众文学的范畴。赵树理也明确申明，他是为广大农村的文盲或半文盲的农民写作。

但是，在五六十年代的文学“规范”中，《白毛女》《小二黑结婚》《吕梁英雄传》《新儿女英雄传》等并非作为上述意义的大众文学看待，当然更不被看作是《啼笑因缘》一类的创作，而是标举为“新文学”普遍性的榜样、范例。大众文学、通俗文艺的娱乐、消遣性的功能受到批判，其结果是高雅文学与大众文学的界限的模糊。高雅文学被要求向通俗的大众文学靠拢，转而迁就社会普遍流行的观念与艺术趣味，失去其思想艺术探索的“先锋性”；而大众文学则“严肃化”，削弱其娱乐消遣的功能，以及传达大众思想情绪的载体的特质。这种“混淆”（而不是正常情况下的互相影响）的情况，无论对高雅文学，还是对大众文学的发展，都带来了损害。

在这种背景下，50年代出版的一些多少保留某种通俗小说特征的小说，如《敌后武工队》《林海雪原》等，就自然受到许多读者的欢迎。

五 对理性、观念的推崇

如果文学被作为政治宣传、道德教诲的手段，那么，文学作品内部结构中的“观念”便至关重要。50年代初，许多知名作家在检讨自己过去的文学观和作品的缺失时，反省重点便是创作中不能用先进思想、理论去分析社会现象和阶级关系，他们接受了这样的观点：凭感性的直觉、感知、体验是不够的，“只有理解了的东西才能深刻感觉它”。[①]

推崇理性（在当代，也就是推崇政治观念）在创作过程中，表现为当代作家对描述的现象、创造的人物，都应自觉进

---

① 但是，在政治环境比较宽松时，有的作家又会顽强地表达他们对创作中感性因素的重视，如1957年曹禺谈自己的创作（《文艺报》1957年第2期），以及茅盾发表于1956年第9期《人民文学》上的《从“找主题”谈起》。

行观念上的归纳、概括，进行理性分析。这在50—70年代文学术语中，称为“主题提炼”。那些被认为创作了成功作品的作家在讲述他们的经验时，无不强调他们学习理论和“提炼主题”的重要性。据说，创作的“艺术构思”要解决生活背景、矛盾冲突、人物性格等一系列问题，而“提炼主题”是中心环节，支配构思的全部过程，是认识生活现象“所蕴藏和所显示的阶级的、社会的、时代的深刻意义，为高度的思想内容寻找尽量完美的艺术形式”的保证。[①]

这种创作思想，使50年代（尤其是50年代末）以后的许多作品，无论诗、话剧，还是散文、小说，都存在教诲式作品的那种“观念性结构”，即使一些被认为取得很大成就的作品通常也不例外。柳青对其小说《创业史》曾有过这样的说明：他是明确地从共产党在农村所实行的政策观点、从对农村阶级关系的分析中来构思这部小说的人物性格特征、矛盾冲突形态的。“我这个小说只有一个主题——农民是如何放弃私有制，接受公有制的。这个主题写完了，小说就写完了。”《创业史》以及另外一些作品中较为动人的部分，往往倒是作者无意

---

① 参见王汶石：《漫谈构思》，陕西《延河》1961年1月号。稍后《人民日报》加以转载（有删节）。

中离开主题和政策观念规定的部分。

由于当代作品的“主题”大都是某些抽象的、确定的政治命题和政策观念，因而，创作中概念化、公式化的现象便十分普遍。如情节、结构的雷同，人物的“类型化”，以及各种文学样式中严重的说教、议论的倾向。这种情况，在50年代初就引起普遍忧虑。1952年第二次文代会上，周扬、茅盾等都分析了产生这一现象的原因和提出解决办法，如要作家提高“认识生活和表现生活的能力”，作家要具备“历史唯物主义的观点”等。然而，他们开出的药方，不仅难以奏效，倒可能加剧这一病症。正是当时为了提高创作思想高度而做出的对创作的种种规定，使公式化、概念化成为必然现象。如周扬当时提出的作家要写中共在各个时期实行的“政策”，把“政策”作为描写生活的立场、观点、方法。而当时又实行着写“英雄人物”的各种规定：“决不可把在作品中表现反面人物和表现正面人物放在同等地位”，不能写英雄人物意志上有些许动摇，不能写他们政治品质和道德上的弱点，而他们的“一些不重要的缺点”又要有意识地略去，等等。

左翼文学的领导者和文论家如果不满意粗糙的、说教式的、公式化的作品的普遍流行，最好的办法可能是将文学从作为政治和政治化道德的宣传品的禁锢中解放出来。不过，如果转而强调作家的直觉、感情等非理性因素的作用，允许作家独立地对人生和世界进行创造性的探索，那么就会挤压、丢掉左翼文学的思想支柱。这是一个难以两全的矛盾，这也是长期困扰着对中国文学前景保持极为理想主义态度的周扬们的难题。而在1958年以后，文化激进派显然是要“彻底”消解这一矛盾。对于“反理性主义”“文艺创作特殊论”的批判，以及把“形象思维”看作是“反马克思主义认识论体系”，是“现代修正主义文艺思潮的一个认识论基础”等都是这一举动的步骤。到了“文化大革命”前夕，郑季翘终于为左翼文艺激进派找到清除“非理性”侵扰的路线，这就是将文学创作的思维过程概括为“表象（事物的直接映象）——概念（思想）——表象（新创造的形象）”的公式，即个别（众多的）——一般——典型的公式。[①] 这一理论，把文学作为概念（政治观念、政策规定）的形象阐释品，做出最明确的说明，并提出其理论依据。“文化大革命”公开的、主流文坛上的创作，如诗报告《西沙之战》（张永枚），中篇小说《西沙儿女》（浩然），长篇小说《牛田洋》（南哨）、《虹南作战史》（上海《虹南作战史》写作组）等，便是这一写作公式的有力实践的产物。

① 郑季翘：《文艺领域必须坚持马克思主义的认识论——对形象思维论的批判》，《红旗》1966年第5期。

第六章　“非主流”文学

一　“非主流”文学的概念

1949年以后到“文化大革命”结束，文学观点和创作都要求高度一致性，不允许有不同的主张、不同的创作方法存在，也不允许存在真正意义上的文学流派。偏离或违背“主流”文学规范的观点、作品，往往受到批判。

不过，偏离和违背的现象，或多或少总有发生。因而，从50年代到70年代，也存在一条虽不怎么有力，但还算明显的若断若续的线索。这条有异于“主流”文学的线索，可以称之为“非主流”文学。对于这一概念的运用，这里的含义是：第一，它是相对于不同时期的那些被肯定、推崇和被接纳的作品而言，是个“历史”概念。它的性质、范围，与当时的文学规范的状况有关。第二，“非主流”文学往往受到文学控制的权力所压制。有的作品发表或出版后受到批判，另外一些则没有发表的机会，而以各种方式在部分读者间流传。第三，在这一阶段，受到压制、批判的作品数量很多，但不见得都具有背离主流文学规范的意义。如杜鹏程的长篇《保卫延安》在60年代被列为“禁书”，李建彤的长篇《刘志丹》没有出版就受到批判，是因为其中对执政党领导层所做的历史描述引起毛泽东的不满。这些作品，在创作思想和创作方法上，倒是严格遵循这一时期的文学规范的。另外一个需要说明的现象是，“文化大革命”期间，文化激进派确立了他们对文艺界的控制。从他们的激进的文学主张出发，对五六十年代大批当时被称为贯彻毛泽东文艺路线的作品，也当作“毒草”加以挞伐，如《龙须沟》（老舍）、《山乡巨变》（周立波）、《红旗谱》（梁斌）、《红日》（吴强）、《胆剑篇》（曹禺）、《青春之歌》（杨沫）等。这些，自然也可以看作这一时期的“非主流文学”。不过，本书暂且不打算这样做，不放在本章所讨论的范围内。

从50年代开始，“自由主义”作家已失去在文坛的地位，而一切思想艺术的类似西方“先锋派”的探索也已成为非法。在这种情况下，“非主流”文学所表现的“异质”范围比较集中。这主要是一些作家试图保护、恢复其作为“启蒙者”的批判精神所做的努力：保护和恢复批判意识，坚持对世界的人道主义关怀，以及对社会现实、对中国人的生存和精神状况加以反思的严肃态度。这种创作精神的表现，在被批判时通常被指责为“暴露黑暗”“歪曲现实”“丑化工农兵形象”。

二　富于朝气的挑战

“非主流”文学的出现呈现阶段性。比较集中的时期有：50年代中期、60年代初、“文化大革命”后期。

1956年和1957年上半年，文学思想和创作都出现一种转机的迹象。这在当时的“社会主义阵营”中，是带有普遍性的。在中国文学界，开始出现突破僵化教条规范的、类乎当时苏联文学的那种“解冻”。1956年4月号的《人民文学》，刊出青年作家刘宾雁的特写[1]《在桥梁工地上》。主持这份杂志编务的秦兆阳在《编者按》和《编者的话》中给予了很高评价，说“我们期待这样尖锐提出问题、批评性和讽刺性的”，“像

---

① “特写”这个概念，在当代许多时间里，与“报告文学”同义。不过，在50年代中期，由于受苏联作家奥维奇金等的影响，当时的特写可以是写真人真事的，也可以是经过作家某种程度加工、虚构的。后者称为“研究性特写”。刘宾雁当时的特写，属后者。

侦察兵一样，勇敢地去探索现实生活里的问题”的作品已经很久了。后来，刘宾雁在秦兆阳支持下，又继续发表在文学界产生更大反响的特写《本报内部消息》及其续篇。这一年9月，《人民文学》还刊登了另一位青年作家王蒙的短篇《组织部新来的青年人》[①]。这篇作品，在1956年年底和1957年年初，引发了在《文汇报》《北京日报》《文艺学习》等报刊上的热烈争论。此后，《人民文学》和各地的多种文学刊物，纷纷刊登一些思想艺术上有新意的作品：或者是新颖的取材和主题，或者是一种新的视角和表现方法。它们中较为重要的有：短篇小说《办公厅主任》（李易），《田野落霞》《西苑草》（刘绍棠），《芦花放白的时候》《灰色的篷帆》（李准），《沉默》（何又化，即秦兆阳），《入党》《明镜台》（耿龙祥），《美丽》（丰村），《红豆》（宗璞），《改选》（李国文），《小巷深处》（陆文夫）；特写《被围困的农庄主席》（白危），《爬在旗杆上的人》（耿简，即柳溪），《马端的堕落》（荔青）；诗《草木篇》（流沙河），《贾桂香》（邵燕祥），以及话剧《同甘共苦》（岳

① 小说题目原稿为《组织部来了个年轻人》，发表时秦兆阳做了部分修改，也改了篇名。“文化大革命”后，王蒙出版的选集、文集恢复为原稿的篇名。

野）等。郭小川的长诗《一个和八个》也写于当时，但没有正式发表就在“内部”受到了严厉的批判。

与40年代初在延安的那些作家想凭借他们已确立的声望、影响来重建他们批评生活的自由权利不同，这个时期，做出这种“挑战”的，许多是刚崭露头角的青年作家。革命的理想和现实生活之间存在的距离，使他们很快承接了前辈作家的传统，并从苏联的同行那里接过“写真实”“干预生活”的口号。这些作品，大都接触到已开始显露的社会“危机”：权力阶层与民众对立，从事革命多年的领导者意志衰退、精神冷漠的现象。《在桥梁工地上》《本报内部消息》《组织部新来的青年人》等作品，把战胜保护既得利益、对进取和创造精神加以压制、窒息的力量，寄托在一些充满浪漫激情的青年知识分子身上。[①] 他们所表达的，是丁玲延安时期的《在医院中》主题的继续：对独立精神、自由意志的召唤。其中，也包含了现代科学民主思想与农民小生产者保守、狭隘和官僚习气的冲突的内容。这些在总体上表现乐观情绪的作品，有时也会对社会和个人的前景流露忧虑，写到他们心目中的“英雄”的孤立无

① 如《在桥梁工地上》的曾刚、《本报内部消息》的黄佳英、《组织部新来的青年人》的林震等。

援和“悲剧”结局。这一点，倒是预言了这些作品及其作者很快就面临的命运。用刘宾雁三十年后的话来说是：“当时，他们看见危机，同时走向自己的危机。”事实上，这些用文学为“武器”进行“挑战”的青年作家，大都出于“补天”的动机，“批评这个党和这个社会的弊端的人，并不是出于恶意或仇恨，正因为爱之愈深，才责之愈切”。[①] 但他们不被接纳和理解。

三　象征性叙述的“影射”

“反右派”斗争以后，政治和经济的主观浪漫主义所掀起的“大跃进”，带来严重的经济崩溃和文化衰退。60年代初，被迫在经济、政治、文化领域实行“退却”式的调整，对文学的控制有所放松。在这种情况下，中国作家大受挫折的批判精神的火花又有所恢复，对自由意志的怀恋在部分人那里又高涨起来。

这一回，却是一些老作家出面：20年代“沉钟社”“太阳社”的成员陈翔鹤、孟超，著名剧作家田汉，以及历史学家吴晗、邓拓等。可能是年龄、知识结构、阅历、职业特点等原

① 《刘宾雁自传》，香港新光出版社1990年版，第86页。该书第五章的题目为“我看见危机，同时走向自己的危机”。

因，也可能是接受了历史的“教训”和当时文学界对历史题材创作的提倡，这些作家的创作，大都借助历史故事、传说，较少直接写到现实生活本身。这可以称为一种象征性或“影射性”（并非那种直接比附的影射）的叙述。

1961年八九月间，邓拓开始在《北京晚报》开辟“燕山夜话”的随笔杂感的专栏，到次年12月，共得一百五十余篇。与此同时，邓拓还与吴晗、廖沫沙一起，以“吴南星”[①]的笔名在中共北京市委理论刊物《前线》的“三家村札记”栏下发表文章。这些杂文、随笔，常从古代正史、稗史、文人别集、笔记或历史传说中撷取材料，加以阐发引申，来议论现实生活中关于社会政治、伦理道德、文化艺术、学术研究等范围广泛的现象、问题。其中，《爱护劳力的学说》《一个鸡蛋的家当》《伟大的空话》《放下即实地》《王道和霸道》等文，常被认为对现实的社会政治问题具有尖锐批判的内容。[②]

---

① 吴，即吴晗；南为马南邨，邓拓发表《燕山夜话》用的笔名；星为繁星，廖沫沙写杂文时用的笔名。

② 对邓拓等的这些杂文、随笔的批判，在“文化大革命”前夕的一系列文化批判中是重要事件之一。姚文元发表了《评“三家村”——〈燕山夜话〉、〈三家村札记〉的反动本质》一文，载1966年5月10日上海《解放日报》，《文汇报》《人民日报》《红旗》杂志和全国各省、市报纸立即全文转载。

这个时期的历史小说、历史剧，重要的有：陈翔鹤的短篇小说《陶渊明写“挽歌”》《广陵散》，黄秋耘的短篇《杜子美还家》《鲁亮侪摘印》，田汉的《谢瑶环》（京剧），孟超的《李慧娘》（京剧），吴晗的《海瑞罢官》（新编京剧历史剧）等。它们或写报国无门的知识分子对战乱中遍地疮痍的现实的忧虑和慨叹，或者写对权贵奸佞所做的至死不屈的抗争。其中，《海瑞罢官》无疑最为人们所熟悉。在“文化大革命”开始时，对这部写明朝清官海瑞任应天巡抚期间平反冤狱、退还豪权势要强占的民田因而被罢官的京剧的争论和批判，成为重大的政治事件。[①]

这些作品，写到历史上许多不公正的社会现象：写到饥荒、民众生活困苦，写到冤案。同时，又多写到正直者的抗争，他们的仗义执言，以“道”抗“势”，却得不到当权者的信任，反遭迫害。“文化大革命”中对这些作品的批判，主要攻击它们“影射现实”，如毛泽东认为《海瑞罢官》是影射中

---

① 1965年11月10日，上海《文汇报》发表姚文元《评新编历史剧〈海瑞罢官〉》。接着，围绕吴晗的剧作和姚文元的文章，各派政治力量展开激烈较量，这一斗争持续至次年四五月间。毛泽东1965年12月下旬在杭州谈话时说：姚文元的文章很好……缺点是没有击中要害。《海瑞罢官》的要害是罢官，嘉靖罢了海瑞的官，我们也罢了彭德怀的官，彭德怀就是海瑞。

共“罢”了彭德怀的“官”。这自然缺乏根据。但是，从作品的整体上看，选材的集中点，以及所表达的情绪，却不能说与现实状况无涉。从根本上说，这些作家的着重点并非要重现“历史”，而是借“历史”以评说现实；虽说这种“评说”是相当谨慎的，有的还是欠缺深度的。

四 对于“崩溃”的感知和预言

在“文化大革命”期间，文化激进派除了精心经营“真正的”无产阶级文艺的标本——“样板戏”以外，并没有创造出多少值得重视的作品。1972年后，文学创作虽有所恢复，不过，大多数作品都出自有组织的工农兵“写作组”之手。此后也有一些专业作家陆续被允许写作和重印他们的作品，如浩然、臧克家、张永枚、李瑛、贺敬之等，但从思想艺术上不同程度靠拢当时的文学路线，使他们的创作也失去已达到的水准。

这个时候，另一种性质的文学则悄悄出现。作者意识到他们的作品的“非法”性质，写作便成为秘密的行为，不可能在公开发行的报刊发表和公开出版。而当时民间的印刷、传播手段又极有限，因此，有的作品以“手抄本”形式在一定范围中流传。有的则为作者个人秘密保存，“文化大革命”结束后才公开发表。

对于后面这种情况，由于作品实际上没有得到读者的“阅读”，因而在当时并未构成“文学事实”。至于以特殊方式流传的状况，却成为一种后来被称为“地下文学”的现象。

当时的“非主流”文学作者，主要有两部分人。一是“文化大革命”中受到迫害的作家。由于特殊的环境，诗是他们较多考虑的形式。蔡其矫、公刘、牛汉、绿原、聂绀弩、穆旦、郭小川等，都用诗来寄托他们的情感。这些诗，大都公开发表于“文化大革命”之后。如果考虑到它们成为一种真正的“文学事实”的时间，它们其实应属于“新时期文学”范围。

另一批作者，主要是“文革”中上山下乡的“知青”，以及其他的青年。诗也是最主要的体裁。后来在“新时期”的“朦胧诗运动”中扮演主要角色的北岛、舒婷、顾城，以及多多、食指、根子、芒克等，在70年代初或稍后就开始写诗。他们的创作从一开始不仅与公开的主流诗坛的作品毫无共同之处，而且大大越过五六十年代诗的普遍的思想艺术形态，表现了诗歌革新运动的“前卫”姿态。在这些作品里，写下了他们生命经受的挫折，对立足的土地发生断裂、错动时的惊恐、迷惑、怀疑和痛苦；写下了他们对社会和自身的思考、批判，以及对精神价值、对民族未来的探求和向往。他们的诗在小圈子中传阅，也有一部分在较广的范围传抄。

小说方面，张扬的长篇《第二次握手》初稿写于1963年，在“文革”中以手抄本方式广为流传。在将知识分子（他们在“文革”中社会地位低下，被称为“臭老九”）写成值得尊敬、有高尚品质的人物这点上，显然引起了知识分子和青年学生的广泛共鸣。其实，这部长篇的思想和艺术都没有超越五六十年代作品的基本框架。最值得注意的却是出自青年人之手的三部中篇：《波动》（赵振开）、《晚霞消失的时候》（礼平）和《公开的情书》（靳凡）。[1] 同“知青”的诗一样，这些小说的视点，对人生的体验，对历史、自我的观察和表达的见解，以及表达方式，都出现了一些新的因素。它们敏锐地捕捉到社会中已出现的“崩溃”的征象，并且从各自不同的角度，紧张地为历史、为人的精神寻找新的道路。这可能是这些艺术尚嫌幼稚的小说最难得的“历史感”。对它们的简略分析，在本书的下编将有所涉及。

① 与《第二次握手》一样，《波动》等小说在“文化大革命”后陆续在刊物公开发表或正式出版。发表前，作者都做过修改。现在已很难见到在“文化大革命”期间“手抄本”形态时的原貌，也无法考察在传抄过程中的状况。

下编　80年代

第七章　80年代的文学环境

一　思想解放与“控制”的松动

“文化大革命”结束后，中国的政治、经济和社会生活等方面都发生了重大变化，文学也不例外。从70年代末开始，政治等领域，把“文革”结束后的历史时期称为“新时期”①，文学界也便将“文革”后的文学，称为“新时期文学”。这一概念的运用，在时间的起讫上，基本与“80年代文学”重合，因此也可以看作是可以互相替代的称谓。新时期文学的转折性变革，在于它结束了中国当代文学那种“一元化”的严格规范

① 1977年8月召开的中共十一大宣布“文化大革命”结束。通常认为，1976年10月江青、张春桥等“四人帮”被逮捕，便标志长达十年的“文化大革命”的终结。在中共十一大上，将“文革”结束后称为“新时期”。

的趋势，使文学创造进入一个较为自由、宽阔的天地，并由此出现了文学从内容到形式的开拓和创新。这是“文革”前的当代文学所无法比拟的，因此，它被认为是中国当代文学的“复兴”。

“文化大革命”十年，曾被称为十年浩劫。不过，对中国当代历史，也不是只有消极的意义。就在“文革”期间，信仰的破灭和权威的崩溃，成为难以遏制的潮流，许多中国人在精神上不同程度觉醒，对于设置的思想禁区和戒律，产生质询、怀疑、重新审视的强烈冲动，这便是出现于70年代末到80年代初，被称之为“思想解放运动”的社会基础。

思想解放，在最初主要表现为对当代所执行的政治路线和经济、文化政策的重新审视，也包括对毛泽东在当代的指示、观点的检验。围绕这一问题，70年代末在政治权力内部曾发生尖锐冲突。1978年年底召开的中共十一届三中全会，肯定了“实践是检验真理的唯一标准”的这一支持思想解放的命题，确定停止使用“以阶级斗争为纲”的口号，提出把全党工作重点转移到社会主义现代化建设上来的方针。一般认为，这次会议对80年代中国社会的转型、发展，具有重要意义。这在客观上有利于推动人们精神束缚的解除，而逐渐形成一个较为“宽松”的环境。

在检讨了50—70年代的文艺政策之后，中国文艺界的控制力量内部发生“分化”。一部分领导人意识到原先那种严厉的、堵塞一切空间的做法并不可取，他们主张有限度地放宽限制，提倡构造一种于文学创造有利的“宽松”的局面。1979年5月，中共中央批转了解放军总政治部的请示，宣布将“部队文艺工作座谈会纪要”撤销。

1979年10月召开的全国第四次文代会上，提出“党对文艺工作的领导，不是发号施令，不是要求文学艺术从属于临时的、具体的、直接的政治任务，而是根据文学艺术的特征和发展规律，帮助文艺工作者获得条件来不断繁荣文学艺术事业”[①]，并重申在1956年提出、但一直得不到真正实施的“双百”方针。在1984年12月到次年1月召开的中国作家协会第四次会员代表大会上，以中共中央书记处名义在大会上宣读的《祝词》，更颇为出人意料地提出“创作自由”的口号“作家有选择题材、主题和艺术表现方法的充分自由，有抒发自己的感情、激情和表达自己的思想的充分自由”，“我们党、政府、文艺团体以至全社会，都应当坚定地保证作家的这种

---

① 中共中央、国务院致大会祝词，参见《中国文学艺术工作者第四次代表大会文集》，四川人民出版社1980年版，第6页。

自由”。[1]

文艺政策上的这种调整，意味着控制的一定程度的松动。当然，控制仍是必要的，且呈现时紧时松的状况。一方面，这决定于不同时期的政治形势；另一方面，在提出“宽松”“创作自由”的同时，也规定了往往含义不明的限制，如作家必须“认识自己的社会责任，反对资本主义的腐朽思想和封建主义的遗毒”等。实际上，整个80年代，都一直存在着重新建立统一的文学规范的意图（或者说，存在着规范和放松的紧张矛盾）。最早的有对白桦的《苦恋》，以及中篇小说《飞天》《在社会的档案里》和话剧《假如我是真的》（又名《骗子》）的批判。接着是1983年开展的“清除精神污染”运动，以及1987年的“反对资产阶级自由化”运动等。这些运动的开展所产生的后果，与70年代以前相比已有很大不同，常难以达到预期的成效。在80年代的中国文学界，已不存在号令天下以建立一统局面的可能性。为各种思想目标和实际利益所驱动的多元化的趋势逐渐加剧，而从领导层内部到一般民众，也都存在着对控制、批判斗争厌倦的抵制力量。加上自由经济力量的

---

① 《在中国作家协会第四次会员代表大会上的祝词》，《人民日报》1984年12月30日。

发展，整个社会（也包括文学界）出现越来越多的大小“空隙”，构成离散统一局面的空间。

五六十年代作为“领导”作家进行创作等文学活动的文艺团体（中国文联和中国作协，以及各省、市的分会），在“文化大革命”中实际上都被迫取消。1978年5月，宣布上述作家、艺术家团体重新开展活动，《文艺报》也筹备复刊。但是，这些团体也已在很大程度上失去了其原先拥有的权威地位。因此，政治力量通过这些文艺团体实行控制的途径也受到削弱。

二　开放意识与外来影响

80年代中国文学的发展，与国外（尤其是西方）哲学、文学思潮和著作的大量翻译介绍有密切关系。在50年代，中国文学界对于外国文学开始采取一种褊狭的政策。这根源于毛泽东的文学主张，即把中国的“无产阶级文学”在某种程度上看作一种封闭、自足的实体。但由于一些重要作家和当时位居文学界领导地位的作家，普遍受过传统和西方的教育，他们的理论、创作不同程度地对世界文学的某一方面有所借鉴，深知离开这一借鉴，文学创造将会变得不可思议。因此，在50年代，对西方文学并没有采取完全排斥的态度。当时，文学界对十八九世纪的俄国文学有热情的态度，对十月革命后的苏联“社会主义文学”，更持“一边倒”的充分肯定、赞赏的立场。至于对20世纪以前的西方文学，则存在既积极又慎重的矛盾状态。在这方面，作家和作品所显露的政治态度和社会立场，是取舍褒贬的重要依据；而是否坚持“现实主义”的创作方法，则是另一项重要标准。“现代主义”文学，在当时是颓废、没落甚至反动的同义词。1953年7月，专门刊载外国文学中文译作的刊物《译文》创刊，茅盾任最初主编。次年8月，中国作协召开全国文学翻译工作会议，茅盾、周扬（当时作协主席、副主席）在报告中，都强调文学翻译“在发展新文化”上的重大意义。在50年代，“社会主义阵营”的国际性组织世界和平理事会，每年都确定纪念几位“世界文化名人”，中国文艺界围绕这一活动，组织纪念会，发表纪念文章，出版他们的著作。1954年中国作协主办的刊物《文艺学习》上，登出文艺工作者提高理论和文学修养的必读和参考书目，其中列入中国和西方（包括俄国）一系列重要的古典作品。到60年代初，世界一批重要古典作家和若干经过仔细挑选的西方现代作家的代表性作品，都有了中文译本。1963年以后，上述有限度的开放局面完全结束。1963年，毛泽东批评当时的政府文化部是“才子佳人部”“帝王将相部”“外国死人部”。在“文化大革命”期间，西方文艺复兴时期以及启蒙主义和批判现实主义文艺，都被斥为“复辟资本主义”的反动文艺。

“文化大革命”结束，中国向世界打开门窗，文学界在这方面可以说走在前沿。思想文化界介绍、翻译外国各个历史时期的理论著作、文艺作品形成一股热潮。开始是重新翻印五六十年代出版的外国文学名著。商务印书馆和上海人民出版社在60年代出版的“汉译世界学术名著丛书”、“现代外国资产阶级哲学资料选辑”等丛书，以及作家出版社60年代前期出版的“供批判”的外国文学作品①，也重新印行。在80年代，尤其表现了对20世纪西方文学的极大兴趣。包括广泛的所谓“现代派”文学，更成了作家、读者、刊物、出版商关注的热点。从1978年到1982年间，文学报刊上登载的有关“现代派”文学的评价、讨论文章就有四百多篇，并引发一场有关“现代派”文学的争论。80年代，各主要文艺出版社都出版了一批西方20世纪文学名著中译本，如北京的外国文学出版社和上海译文出

① 如美国五六十年代的小说《在路上》《麦田里的守望者》，苏联索尔仁尼琴的《伊凡·杰尼索维奇的一天》，“第四代作家”叶甫图申科、阿克肖诺夫的诗、小说，爱伦堡的回忆录，西蒙诺夫的小说《生者与死者》，以及当时南斯拉夫作家的一些作品。

版社联合出版的有“20世纪外国文学丛书”“外国文学名著丛书”，广西漓江出版社刘硕良主编的“获诺贝尔文学奖作家丛书”等。袁可嘉等编选的《外国现代派文学作品选》共四卷八册，也是一部畅销书。另外，外国文学出版社还编译了外国文学研究资料，除作家（如莎士比亚、巴尔扎克、托尔斯泰、海明威、福克纳、马尔克斯、萨特等）的专集外，尚有“流派”（荒诞派戏剧、“新小说”等）专集。这些研究资料，对80年代中国文学研究与创作也都产生广泛的影响。

除了文学作品之外，西方哲学、美学、文化学、心理学等的著作也被大量引进，方法论的介绍也受到热情关注。20世纪西方文论的各个派别、思潮，得到逐一介绍。现象学、存在主义、弗洛伊德心理学、阐释学，以及“形式主义”批评、“新批评”、结构主义、符号学、解构主义等，都在80年代中国文学发展进程中留下印痕。而20世纪初已在中国产生过影响的尼采、叔本华、柏格森等人的学说，又再一次被重新“发现”。

西方哲学、文学思潮以及文学作品的大量“引进”，对中国作家、批评家的视角、感受、思考和表达方式的革新，起到积极的、不容低估的作用。当然，也带来了许多问题。

三　作家的分化与重组

在“文化大革命”结束后，各类作家都认为自己正站在新的起点上，都将获得艺术生命的“春天”。基于这种幻觉，当时有所谓中国作家“盛况空前”的“五世同堂”的说法。实际上，整个社会和文学环境已发生重要变化，不同作家都不可避免地面临重新被选择。80年代初，出现了如新中国刚成立时的作家大规模分化和重组的现象。但分化、重组的依据、性质却很不相同。

除个别的例外，在50年代中期到“文化大革命”发生前这段时间能够继续写作并受到当时主流文学界接纳、肯定的作家，“文化大革命”之后，创作活力都已有很大减弱。他们中有些人虽然仍不断发表、出版作品，有的且获得各种文学奖[①]，却无法更新自己的感受和表达方式。他们对历史、对人生、对文学的观点，以及据以观察、体验现实世界的方法，都

① 在80年代，曲波出版了长篇《山呼海啸》《桥隆飚》，杨沫出版了长篇《东方欲晓》《芳菲之歌》，欧阳山有《一代风流》的第三、四、五部出版，魏巍的长篇《东方》获首届茅盾文学奖，李准长篇《黄河东流去》获第二届茅盾文学奖。

属于已经结束的那一“时代”。这些作家有：臧克家、贺敬之、张志民、雁翼、柯岩、刘白羽、魏巍、浩然、杨沫、梁斌、周而复、欧阳山、杜鹏程、峻青、王愿坚、李准、马烽、王汶石、玛拉沁夫等。

80年代前期的中心作家，主要由两部分人组成。一是在50年代因政治或艺术原因受挫的作家，尤其是所谓“右派”作家。一个容易产生错觉的事实是，在“文革”中，几乎所有作家都受到不同程度的冲击、迫害，他们都是毛泽东、江青的激进的文化路线的牺牲品。其实，这里面存在重要差异。仅仅在“文化大革命”中受到“冲击”的一些作家，他们通常被认为是非正常境遇中的蒙冤者。而50年代就被放逐，甚至身陷图圄的作家，在很长时间里被认为是正常社会中的“弃民”。这种差别，在作家的心理上，在他们对社会、对现实的认知和自我意识上，都会留下不同的烙印。50年代就被放逐的作家，曾自觉或被迫地与主流文学规范保持一段距离（实际上他们受到迫害，又与他们对主流文学规范存在异端歧见有关）。相当一段时间被迫辍笔，自然会对他们的文学创造力产生负面影响，但也使他们在“文革”后重新执笔，能较快跨越“十七年文学”在题材、主题、风格上的拘囿，而有了较为开阔的创造空间。三十余年的坎坷生活，身处社会底层的实践，又使他们对中国现实的真实情状获得切近深入的体察。这些作家有：王蒙、张贤亮、高晓声、陆文夫、汪曾祺、刘宾雁、李国文、邓友梅、公刘、邵燕祥、昌耀、蔡其矫、绿原、流沙河等。

80年代文学创作的另一重要力量，是被称为“知青作家”的一群。“知识青年”在七八十年代，是特定的历史概念。从1968年起，大批城市中的初中、高中毕业生，在毛泽东的号召下[①]，或自愿或被迫到军队所办的生产建设兵团（通常设在边疆省份或经济比较落后地区）和山区、农村“插队落户”，这被称为“上山下乡”。知青插队比较集中的地区是新疆、云贵农村、黑龙江北大荒、内蒙古草原，以及山西、陕北农村。“知青”在“文化大革命”中，经历了从“革命主力”到“再教育”对象的遽变，经历了从城市到乡村，从经济较发达地区到中国最贫困地区的变迁。这使他们从具体感性基点上来思考民族、国家的问题。他们为求自身生存、发展所付出的代价，也丰富了其人生体验，他们中的一些人在农村便开始写作。在80年代一度被称为“知青作家”的，主要有：韩少功、史铁生、张承志、贾平凹、王安忆、郑义、张辛欣、梁晓声、

---

① 1968年，毛泽东发出了“知识青年到农村去，接受贫下中农的再教育，很有必要”的“最高指示”，开始了“知识青年”的“上山下乡”运动。

刘索拉、张抗抗、孔捷生、阿城、郑万隆、何立伟、叶辛、铁凝、李晓等。诗人食指、多多、芒克、江河、杨炼、舒婷、北岛等虽一般不被称为“知青作家”，却也有相似的经历。

除了上述两种类型的作家之外，“文革”后已届中年才开始进入创作活跃期的一批作家的出现，也是一个重要现象。他们是张洁、冯骥才、古华、刘心武、高行健、戴厚英、叶蔚林等。而女作家在80年代的大量涌现，也受到批评界的注意，这被认为是继五四时期之后中国现代文学中第二次女作家涌现的“高潮”。

到了80年代中后期，上述的“复出”作家和“知青”作家中一部分创作活力已逐渐削弱，但其中也有一些作家，尤其是“知青”作家中的一部分，能不断调整自己的创作步伐，离开“复出”与“知青”的主题模式，表现了强劲的势头。而更年轻的一代则带着新的风貌进入文坛。他们有扎西达娃、马原、格非、苏童、余华、孙甘露、叶兆言、刘恒、刘震云、王朔等。他们给80年代文学带来新的气象：作品既体现了这十年中文学创作的某些特征，又开始突破这些特征，而成为文学发展的推动力量。

与五六十年代的“主流作家”比较，年轻一代作家在“文化性格”上的不同是明显的。新时期的中心作家，无论在学历、文化修养，还是社会阅历上，都有重要的变化。他们对世界、对外国文学的了解，也要广阔、深入得多。更重要的差别也许在于：五六十年代的主流作家是以文学来阐释他们所信奉的统一的社会信念，新时期的许多作家，却是在这一信念受到损害之后，以文学开展带有紧张感的精神探索。

四 文学与市场经济

中国当代作家长期受到来自政治方面的压力。政治权力的挤压使其中不少人备受苦难，也给他们带来荣耀，并在他们的自我意识上形成悲壮崇高的光环。这种情况，在“文化大革命”结束后至80年代初，呈现得最为充分。但是，80年代后期至90年代初，作家却猝不及防地遭遇到另一种压力，即金钱、商品经济大潮的冲击。

在50—70年代，文学只被承认是一种“意识形态”，一种“纯洁的”精神产品。文学界从观念到体制，竭力划清文学与商品、金钱之间的关系。发展到“文化大革命”期间，作家的稿酬也被当作“资产阶级法权”而予以取消。文学在整个社会生活中的地位、作用被极度夸大。继续这一文学观念的脉络，“文革”结束之后，大多数作家往往认为自己扮演着社会、民众代言人、预言家的角色，负有在争取合理社会、反“主流”的悲壮斗争中充当先锋的责任。

80年代中国市场经济的发展，引起文化环境的巨变，尤其是80年代末的“经商热”。90年代初，“市场经济”的概念写进执政党和“人代会”的正式文件。市场经济的发展与社会上经商热潮的出现，对中国政治、社会结构和价值观念等的影响是全面、深刻的。如果就与文学有关的方面而言，已经显示出来的种种迹象有：

第一，金钱、财产、经济地位在社会中的重要性的增长，使当代中国政治权力具有无上权威的情况受到削弱，社会商业化的进程，也就是金钱向政治权力挑战的过程。这必然增大了个体的活动空间，对文学实行政治控制的范围和有效性相对缩小和减弱。实际上，目前政治权力中心所能完全把持的文学报刊为数已不很多，而不少文学出版社、刊物和90年代大量涌现的专业报纸所开辟的副刊版，为有独立思想、有艺术追求的作家提供了发表他们作品的园地。

第二，随着金钱、财富的社会地位的增长，文学艺术昔日显赫的地位也一去不复返。一方面是公众卷入“政治”的热情的减弱，另一方面是不少作家在文学观念上的变化，使80年代中期以后，文学的发展更呈现“多元”的趋势。

第三，文学的“商品”属性，在创作、出版、流通过程中凸现了出来。在80年代以后大量出现的各地文艺出版社、文学刊物，以及充斥书店、书摊的文化报刊的增版、扩版构成强烈的竞争局面。刊物、出版社为求得生存，为追逐利润，便更强化文学的“商品”性质。[①] 虽然政府规定了全国统一的稿酬标准，但是对在竞争中可能成为畅销书的文稿，这些规定早已成为一纸空文。在90年代初更出现了作家文稿公开拍卖的事件，表现了文学创作、出版的商业化进程。

第四，文学的“分化”加速。所谓“严肃文学”（或“纯文学”）与“大众文学”“消费性文学”的界限在某些作家创作中日见模糊，在另一些作家那里则日益明显。消遣性、商业性文化（影视、流行歌曲、言情武侠小说等）从“边缘”走向“中心”（至少是从量上和从目前对整个社会文化的冲击上），而原来处于中心的严肃文学的位置则似乎有些岌岌可危。在这种压力下，作家的“分化”不可避免。一些作家转而向消费性文学靠拢。更重要的是产生普遍性的“心理失衡”现

① 80年代以后，全国各省、市出版的文学刊物数量大增，出版文艺方面图书的出版社的数量也大为增加。1983年年底，政府有关部门下发文件，要求除个别刊物外，文学期刊“自负盈亏”，经济维持不下去的“关停并转”。

象。有的为文学昔日辉煌的地位哀叹，有的忧虑日益商品化将导致文学的毁灭，有的从经济利益与社会地位上因失去更好保证来体现他们原先的价值而沮丧，但有的认为这种商业竞争正是社会的进步体现……

20世纪末，市场经济的发展所带来的对文学的冲击刚刚开始。但是，对于90年代以至更长时间的中国文学的走向，将会产生更大的制约作用。

第八章　80 年代文学的特征

一　80 年代文学的发展过程

80年代的中国文学，是在喧哗与骚动中度过的。各种文学潮流、文学运动此起彼伏，文学“热点”不断更换。自然也有一些作家在默默地写他们的作品，但整个文学界留给人们的印象是喧哗而骚动。作家努力追赶不断更新的潮流，而为了能处于文学前沿、先锋位置，便不断组织“流派”，发起运动，发表宣言与打出旗帜。

新时期文学的开端，如果要寻找一个标志的话，可以说是从刘心武的短篇小说《班主任》（《人民文学》1977年11月号）开始的。不过，在1977年至1978年间，文学并未在更大范围完成它从“文革文学”的转变。当时，发表作品的作家，其观念、取材、主题、艺术方法，都仍是“文革文学”的沿袭，仍然以形象来演绎某一政治命题，继续“三突出”等公式化的叙事方式（小说和戏剧），千篇一律地运用陈旧象征符号写作“政治抒情诗”。

文学出现普遍性的真正意义上的“解冻”，是1979年以后。但《班主任》（以及卢新华的短篇《伤痕》）这一现在看来粗糙的短篇，却揭示了这一转变的若干特征。这就是，文学创作开始重新关注普通人的遭遇、命运和情感，开始检视、思考中国的社会问题和人性问题，作家也开始逐步确立创造的主体性意识，而知识分子的启蒙话语逐渐成为80年代文学主流话语。

1979年到1984年前后，是新时期文学的第一个段落。在这几年中，文学的主题，可以说都是“文化大革命”的亲历者对“历史灾难”所提出的“证言”和对于“历史责任”所做的探究。小说出现了“伤痕小说”与“反思小说”的潮流，诗却是“复出诗人”① 的“归来的歌”和青年诗人的“朦胧诗运动”。这时出现了大量的社会问题剧，它们常常引起颇为热烈的社会反应，但艺术生命也常常转瞬即逝。此时，已经在酝酿着艺术观念和方法的变革，不过，总的说来，这几年的文学的

① 指50年代被逐出诗界，现在重新写作的一批诗人，如艾青、公刘、昌耀、牛汉等。

直接指向是社会—政治方式的，也都具有不同程度的社会—政治的“干预”性质。这个阶段的文学，其内容、情绪与社会各个阶层的思考、情绪基本同步。重建中国作家作为“启蒙者”的人文意识，以文学承担社会批判、思想批判的责任是作家努力的着重点。文学作品与民众、与社会政治的联系的密切，也是这个阶段文学的重要特征。

1985年，是被一些批评家津津乐道的年份。人们在这一年发表的一些作品中，也从这前后出现的文化—文学潮流中，看到此前当代文学所未曾出现的“异质”的东西，看到在外部政治控制有所松动之后，作家释放的主动精神。当然，在后来也看到其中暴露出来的思想艺术的脆弱的一面。到了80年代中期，知名的一批小说家、诗人，大多已越过创作的“高峰”，如刘心武、张贤亮、从维熙、李国文、蒋子龙、高晓声、谌容、邓友梅、公刘、流沙河、宗璞等。有的“知青作家”也呈现了停滞的状态。开始成为“中心”作家的，是“知青作家”中能不断调整自己创作步调的一群。他们是王安忆、韩少功、张承志、史铁生、阿城、何立伟、贾平凹、铁凝、张炜，以及莫言、残雪等。到了80年代中期，“朦胧诗人”也已过了鼎盛期，一些诗人（如北岛、顾城）移居国外，舒婷也似乎到达极限，只有杨炼转变为诗歌上的“寻根派”，在那里写艰涩的长诗。

在1985年，创作的收获主要在小说方面。刘索拉的《你别无选择》、徐星的《无主题变奏》、残雪的《山上的小屋》、韩少功的《爸爸爸》、王安忆的《小鲍庄》、莫言的《透明的红萝卜》、马原的《冈底斯的诱惑》、扎西达娃的《系在皮绳扣上的魂》，都发表于这一年。比起前几年的“伤痕”和“反思”小说来，它们的确给人耳目一新的感觉，也因此引起阐释和评价上的巨大分歧。这些作品表现了表面看来南辕北辙的两种倾向，但实际上构成了发生于这一年中的两个重要的文学“运动”。一是所谓文学的“寻根”和由此产生的“寻根文学”，另一是“现代派文学”的潮流。前者由一批青年作家自觉发动，其主旨在于突出文学的“文化”意义（对抗文学作为社会政治观念载体），并试图通过文学，从传统文化心理、性格上进一步反思历史，发掘、重建民族的文化精神。他们发宣言，谈理论，有作品。虽然作为一个“运动”持续时间不长，却产生较大的影响。这一年出现的“现代派文学”，如刘索拉、残雪等的小说，有着西方现代主义相似的主题：表现对世界的荒谬感，写人的孤独，有反文化、反崇高的倾向，有制造白日梦的欲望。对于现代主义潮流，批评界持不同态度。与热情肯定并存的批评，其实有两种正相反的立场：有的认为违背了社会主义文学的原则，是文学的“堕落”；有的则认为还不够“现代派”，而有了所谓“伪现代派”的提法。现代派小说孕育了80年代末的“实验小说”。

1985年前后，新诗潮在朦胧诗式微之后，出现了所谓“新生代”诗人。他们的诗有的在报刊上发表，大部分则刊于自编、自印的诗报、诗刊、诗集上。他们组成了名目繁多的诗歌社团，标举各种诗歌流派。在当时，他们一般难以得到自以为是“主流”的诗界的认可，而处于边缘位置上。为了检阅“新生代”的实绩，向“主流”诗界挑战，1986年9月、10月间，广东省的《深圳青年报》和安徽省的《诗歌报》联合举办了“现代诗群体大展”，用九个版的篇幅，刊出一百余家“诗派”的宣言、作家简历和代表作品。[①] 其中不乏严肃、真诚的诗人，但也掺杂着一些“庙会”式的闹剧成分。

1985年小说、诗的创作，以及文学批评所出现的“革命”，对中国当代文学的发展具有重要意义。作家开始走出“文化革命”梦魇的直接纠缠，当代历史的政治、人生，逐渐成为深层的历史背景。这有助于作家面对更广泛的社会现实和人的境

① “现代诗群体大展”的材料，经调整、补充后，于1988年以《中国现代主义诗群大观（1986—1988）》为书名，由同济大学出版社（上海）出版。编者为徐敬亚、孟浪、曹长青、吕贵品。

遇，而寻找新的思维方式、艺术形态和语言表达方式。

在80年代后期，喧哗骚动多时的文学界显得沉寂。一方面，是经济的“腾飞”、大众消费文化的迅速发展，社会大众对严肃文学关注程度大为降低。另一方面，中国作家原来关切政治和社会问题的传统，也发生分裂。当时，批评界常说的话是“回到文学自身”。1988年初《文艺报》的文章《文学：失却轰动效应以后》[1]，描述了严肃文学在整个社会中的“边缘化”的趋向。不过，人们对这一现象的评估却大不相同。有的认为是当代文学存在严重缺陷的“疲软状况”，有的则坚持这是文学走向深入、成熟的开端。

在80年代后期，文学批评作为一种独立的精神活动的状况开始出现于文学界，这主要体现在带有“学院派”倾向的一些青年批评家身上。结构主义、解构主义、符号学，特别是叙事话语分析、女权主义批评以及后现代主义的理论和方法得到许多介绍，也有不少文本分析上的实验。在创作方面，最引人注目的是两个潮流。一是被命名为“先锋文学”（或“实验小说”）的一群，如余华、苏童、格非、孙甘露、叶兆言等，以及80年代中期已声名大噪的马原。他们中有些人受到“新小

① 王蒙以“阳雨”的笔名发表的文章。

说”的影响，受拉美作家博尔赫斯等的启发，重视小说的故事性，表现了对“叙事”强烈兴趣的文体意识。不过，他们中最好的一些作品，仍具有明显的人文精神，以及对“历史记忆”的挖掘。将小说创作当作一种叙事游戏，在当代中国的这个时间，可能总也不能做得“彻底”。另一种潮流则被命名为“新写实主义”，主要作家有刘恒、刘震云、池莉、方方等。实验小说和新写实小说看起来走着不同的路线，一是极度注重形式感，将“叙述”这一小说技巧提高到“本源”的位置，而轻视题材的意义；一是关心题材本身的价值，表现时下的社会人生，向“写实”的传统手法回归。在80年代末，引起社会各阶层广泛兴趣的作家是王朔。王朔的主要价值是他的“文化意义”：他的沟通“雅”“俗”文学的企图，在政治权力与民众情绪之间寻找联结的苦心，在商品经济潮流下采取的策略，以及重新恢复“自由撰稿人”地位的努力。

80年代中国文学，是充满活力的，但也是浮躁的。由于此前的当代文学的“贫困化”状况，也由于主要作家都意识到时间对他们不利①，还由于长久的文化封闭造成的接受人类文化

① 80年代的主要作家，包括50年代受批判而“复出”的作家，张洁、刘心武等“迟到”的作家，以及“文化大革命”后开始写作的一部分“知青作家”，都意识到留给他们从事文学创作的时间并不很多，因而有程度不同的紧迫感。

遗产的艰巨任务……这些，促成了普遍性的焦躁心理。从文学过程上看，则体现为文学“热点”不断变换，文学运动接连不断的事实。从70年代末开始，文学创作、批评，以及与文学密切相关的文化思潮的运动、热点，有伤痕文学、反思文学，有朦胧诗运动和争论，有现代派文学争论，有寻根文学运动，有先锋派小说、第三代诗歌，有方法论热、文化热、后现代主义热等等。这些现象，既标示了文学发展与成就的图景，也显现了这一阶段文学存在的问题。

二　文学诸样式的状况

新时期文学的诸样式中，小说的发展最充分，成绩也最突出。诗在开始，特别在朦胧诗运动中，曾经引人瞩目；不仅为诗本身，而且也为整个文学摆脱“文革文学”形态的转型起到重要的推动作用。不过，后来诗的情况变得捉摸不定，对诗的评价在文学界也发生很大的分歧。

戏剧（这里主要指话剧）在当代仍然是一个难题。在“文化大革命”前夕和期间，戏剧曾居于中心的位置。“文化大革命”后的一段时间，大量的“社会问题剧”也继续引起轰动。然而，绝大多数也仍只有呼应民众社会政治情绪的短暂效应。[1] 一个重要现象是，新时期十年的大量话剧，与50—70年代的情况相似，即只有极个别有可能被剧团列为“保留剧目”，在若干年后再度上演。

这种状况，引起了戏剧界的注意，遂不断有关于“戏剧危机”问题的提出和讨论。讨论涉及两个问题，一是对戏剧“功能”的再认识，以期望改变戏剧是宣传教化的最好工具的观念，克服创作上抢题材、赶浪头和说教的弊病。二是要求“戏剧观”和艺术方法的多样化[2]，突破易卜生（H. Ibsen）式的戏剧模式与斯坦尼斯拉夫斯基（K. Stanislavsky）的演剧体系，对其他戏剧观持更加开放的态度，即不仅肯定“写实的”（“造成生活幻觉”）戏剧，也承认“写意的”（“排除幻觉”）戏剧，承认布莱希特（B. Brecht）、梅特林克（M. Maeterlinck）

① “文化大革命”后到80年代初，话剧曾作为表达民众社会政治情绪的重要艺术样式。当时引起广泛轰动的有《枫叶红了的时候》（王景愚等）、《丹心谱》（苏叔阳）、《于无声处》（宗福先）、《未来在召唤》（赵梓雄）、《权与法》（邢勋）、《救救她》（赵国庆）、《报春花》（崔德志）、《陈毅市长》（沙叶新）、《血，总是热的》（宗福先）等。

② 1962年，上海人民艺术剧院导演黄佐临就提出“戏剧观”问题，并发表了《梅兰芳、斯坦尼斯拉夫斯基、布莱希特戏剧观比较》等文章。这个问题，引起戏剧界、文学界广泛兴趣。由于“文化大革命”开始，这一问题的探索遂告中止。

的经验。

这种创新愿望，在剧本创作和演出上，取得一定成效，出现了一批“探索性戏剧”，如《一个死者对生者的访问》（刘树纲）、《挂在墙上的老B》（孙惠柱、张马力）、《魔方》（陶峻等）、《狗儿爷涅槃》（刘锦云）、《天下第一楼》（何冀平）、《WM（我们）》（王培公）和川剧《潘金莲》（魏明伦）等。这些作品（及演出），在以具象手段表现人物心理、情感，在时空上的自由交错和组合，以及虚拟、象征方法的运用，音乐、舞蹈、绘画等多种样式的吸收上，都有广泛的试验。在80年代戏剧探索中，高行健是有成效的剧作家之一。他的《绝对信号》《车站》《野人》《彼岸》和“现代折子戏”《模仿者》《躲雨》《行路难》《喀巴拉山口》，在主题和艺术方法上都各有拓展。80年代的戏剧革新者，也许更倾心于形式上的变革。另外，影响当代戏剧发展的因素也不止于剧作，成熟的、有独特艺术风格的剧团的存在，以及一批同样成熟的观众，都是构成良好“戏剧环境”的必不可少的条件。

在80年代，散文创作中值得注意的是记叙性的随笔。它们记述一段真实的生活经历，既保留了珍贵的历史片段，也透露了作者不同境遇中的心绪和体验。这些随笔集子，较重要的有巴金的《随想录》，傅雷的《傅雷家书》，杨绛的《干校六记》《将饮茶》，黄永玉的《永玉三记》（《罐斋杂记》《力求严肃认真思考的札记》《芥末居杂记》），萧乾的《北京城杂忆》，黄裳的《过去的足迹》，以及孙犁的创作等。散文在80年代后期，拥有广泛的读者。张洁、王蒙、贾平凹等作家，也有一些佳作出现。

报告文学在80年代曾有两次“高潮”。一次是“文革”结束后不久，另一次是80年代末。报告文学常常拥有大量读者。这是因为，直到目前，中国新闻报道的内容、方式仍受到许多限制，因而借“文学”之名而对重要社会新闻和现象进行“报告”的文字便大量出现。许多对社会事件和问题的调查报告性质的作品，很难用“文学”的标准来品评。又因进行“文学”上的渲染，“真实性”常存在疑问，因而也很难用“新闻”加以要求。

自然，也有值得注意的纪实性作品。从维熙的《走向混沌》，写自己在50年代“反右”运动中的遭遇，揭示了一种历史的荒谬。张辛欣、桑晔的《北京人》，利用录音加以整理，记录中国社会转型期中多种职业、身份、文化教养的普通人的生活和心理。作者将它们称为“口述实录体”。戴晴的《王实味　梁漱溟　储安平》，写中国现代三位著名知识分子的悲剧命运。在报告文学作家中，刘宾雁是最引起争议的人物。他一贯坚持将社会责任看得比艺术更为重要。50年代，他就曾因揭露社会的病症而成为“右派”分子。1977年重新获得写作权利后，他又以充当民众代言人的姿态，连续发表了《人妖之间》《一个人和他的影子》《艰难的起飞》《千秋功罪》《向命运挑战》《第二种忠诚》等作品。由于这些作品以及他的言论，他直接介入对社会事务的干预，不断卷入政治旋涡，成为褒贬不一的作家。1987年1月的“反资产阶级自由化”运动中，他被中共中央书记处直接指名“开除出党”。这一年夏天，他在美国洛杉矶完成了长达几十万言的《刘宾雁自传》。他坚决地重申他对走过的道路的选择：“回首往事，我并无悔恨……那些被认为或自认为比我幸运得多的人，他们的墓志铭上是不能刻下这一行字的：‘长眠于此的这个中国人，曾做了他应该做的事，说了他应该说的话。’”

80年代的诗和小说，本书下面各章将有更多评述。需要补充说明的是，在小说的各种样式中，中篇小说获得很大发展。[①] 中篇在50年代到70年代（甚至整个“现代文学”），并

① 据不完全精确的统计，1978年文学期刊发表、出版社出版的中篇有三十六篇，1979年有一百七十二篇，1981年、1982年共一千一百多篇，1983年和1984年各有八百篇。

没有受到很多注意。小说家宁愿取其两端，或者营造长篇巨制，或者构撰富于技巧性剪裁的短篇。到了80年代，中篇数量猛增，且出现许多有影响的作品，诸如《人到中年》（谌容）、《在没有航标的河流上》（叶蔚林）、《蝴蝶》（王蒙）、《黑骏马》（张承志）、《那五》（邓友梅）、《美食家》（陆文夫）、《棋王》（阿城）、《方舟》（张洁）、《绿化树》（张贤亮）、《远村》（郑义）、《小鲍庄》（王安忆）、《爸爸爸》（韩少功）、《红高粱》（莫言）、《伏羲伏羲》（刘恒）……中篇这种样式的勃兴，与下述情况有关：当小说更多地被考虑用来承担历史反思的任务，作家热衷于以某一人物或事件为线索来统领当代三十余年甚或更长的历史过程时，这一有较大容量的形式，自然会受到考虑。另外，刊物、出版条件的变化也是重要的原因。在五六十年代，全国大型的文学刊物（每期二三百页码以上）只有《收获》。而80年代，这种大型文学期刊大量出现，如《当代》《十月》《花城》《钟山》《长城》《昆仑》《长江》《清明》《黄河》《中国》《中国作家》等。中国目前仍在使用的、主要以字数作为计酬标准的办法，也助长了这一趋势。长篇小说在80年代出版数量也很惊人，但是获得好评的并不多。较有影响的长篇有《芙蓉镇》（古华）、《沉重的翅膀》（张洁）、《钟鼓楼》（刘心武）、《活动变人形》（王蒙）、《浮躁》（贾平凹）、《古船》（张炜）、《金牧场》（张承志）等。长篇小说取得较突出成绩，要迟至90年代。

三　历史记忆与紧张姿态

80年代中国文学笼罩在对于历史记忆的巨大阴影中，这一难以忘怀的记忆，首先是关于刚结束不久的“文化大革命”的，然后延伸到“当代”三十多年的历史行程，并因此涉及对民族文化传统的回顾与反思。中国历史的曲折与重复，中国所经历的无穷尽的苦难，以及最近一次的被称为十年浩劫的灾难，都使中国作家不约而同地追问起“谁之罪”这一问题。他们紧迫地感觉到“历史”需要“清算”，而大多数作家根深蒂固的社会责任心和关注民族命运的传统，也使他们无法摆脱这种“清算”的心理重负。他们需要从对过去的审察中来发现“改写历史”的道路。这种自觉地运用文学形式来思考、清算漫长的历史苦难的压力，是80年代文学具有沉重而紧张氛围的最主要原因。

这种沉重、紧张，首先表现为感伤倾向。伤痕小说和反思小说，以及大量的诗、戏剧、散文创作，都呈现一种有很多被压抑的情绪需要释放的有些“滥情”的状态。于是，“激情的作用往往胜过技巧的效果”。刘西渭30年代揭示感伤倾向的时代历史根由，在80年代仍然有效：“时代和政治不容我们具有艺术家的公平（不是人的公平）。我们处在一个神人共怒的时代，情感比理智旺，热比冷容易。我们正义的感觉加强了我们的情感，却没有增进一个艺术家所需要的平静的心境。”[①]当然，感伤倾向在80年代后期有所减弱，这使得有的作家开始有更多的心境来关注艺术形式问题，尽量避免含混模糊的抒情和渲染，而代之确当、冷静的叙述。幽默、嘲讽等风格的出现，也是避免感伤的控制的表现。

80年代文学的沉重、紧张，又表现在文学创作中普遍存在的观念负载过重的情形。不仅作家在作品中写到无数的有关创伤等悲剧性内容，更重要的是作家处理题材的态度。很多的有关社会、政治、人生的观念和“哲理”，生命与文化，时间与空间，现实与历史，意识与潜意识，革新与传统等范畴的问题，几乎都在作品中被涉及，被谈论。文学形式上，则表现为密集的意象、隐喻、寓言，以及语言和表现手段上的刻意

① 这是刘西渭（李健吾）评论萧军《八月的乡村》的一段文字。

营求。90年代初，有的批评家认为，“新写实小说”开始从紧张走向“放松”。但是，在一些“新写实”小说中，这种“放松”也许更多地表现为叙述语调上的。当然，需要说明的是，一律紧张、沉重的风格虽并不值得完全肯定，但这种风格，也并非可以简单地一概否定。如果文学要真正面对中国人的现实处境，而不是采取逃遁的态度的话，那么，完全的“放松”“闲适”，不仅不可取，也是不可能做到的。

四　传统与革新的冲突

“突破”“革新”，是80年代中国文坛上使用频率最高的字眼中的两个。人们急切地想改变文学的落后状态，提高文学整体水准。从个别作家来说，则意识到时间对他们的不利，渴望很快便生产出有恒久生命力的作品。他们努力发掘过去曾被禁止的题材（爱情、监狱、性、变态心理……），尝试某种美学风格（悲剧、悲喜剧……），写很难用“正面”“反面”的价值标准加以判定的、在道德上模棱两可的人物，运用当代文学中少见的艺术方法（意识流、象征、多重视角……）。这一切，都为了达到“革新”“突破”的目的。

在80年代文学的革新的浪潮中，起重要媒介作用的，是对域外文化的吸收。这十年，西方文化再一次大量涌入，其规模比19世纪末、20世纪初更大，程度也更深入。这造成了不同价值观念、思维方式、行为方式的“碰撞”。在思想界、文化界，又重新拾起已争论了近一个世纪的问题：东西方文化特质的异同、优劣，“新”“旧”文化在当前历史条件下的融合、创新的可能性。在文学创作和文学发展上，外来文化的影响，则首先直接导致了一些规模颇大的文学运动与文学论争。如对“朦胧诗”的争论，对“现代派”文学的争论，文学寻根的出现，“先锋小说”（或“实验小说”）的出现等。域外文学的强大影响，还表现在一系列的文学变革总多多少少借助“异质”的东西加以推动，而引起艺术方法、感受方式、感知内容和审美方式的更新。王蒙认为，在80年代，对中国中青年作家产生较大影响的外国作家有卡夫卡（F. Kafka）、海明威（E. Hemingway）、马尔克斯（G. Garcia Marquez）和艾特玛托夫（C. Aytmatov）。[①] 如果不限于小说而扩大到诗人、戏剧家，则这一名单还要有许多补充。即就小说而论，加缪（A. Camus）、福克纳（W. Faulkner）、博尔赫斯（J.L. Borges）等的影响也不可忽视。这些作家，曾在不同时间产生不可思议

① 黄友义译并整理：《中英作家五人谈》，《文艺报》1988年9月10日。

的冲击。莫言曾讲到1985年《百年孤独》和《喧哗与骚动》如何使一批作家“面对巨著产生惶恐和惶恐过后蠢蠢欲动”的状况。[1]外来文化的强有力影响，对80年代中国文学既产生积极推动作用，也带来一些负面现象。对人类精神财富了解的广度、深度，既是成为一个成熟作家的必备条件之一，也是民族的文学整体发展的不可或缺的条件。由于中国相当一段时间的自我封闭，于是，对外国（尤其是西方）的文化遗产的接受，在80年代便出现“时间空间化”的情形。近代，特别是20世纪以来的西方各种文学流派、主张，众多著名作家作品，都纷至沓来。这样，对复杂的各种文学观念、文学作品和艺术方法，便不可能有较充裕的时间和从容的心情去深入了解、把握，而呈现匆忙草率的状况。与此相关的是，创作上的模仿性作品大量出现。在“新生代”一些青年诗人的作品与五六十年代的美国诗歌之间，在中国现代派小说与卡夫卡、与美国“垮掉的一代”创作之间，在寻根文学与福克纳、马尔克斯等作家之间，在“实验小说”与法国“新小说”，与博尔赫斯的叙述的迷宫之间，都可以找到某种对应关系。

不过，外来影响的冲击，首先具有积极的意义。它不仅促

① 莫言：《黔驴之鸣》，《青年文学》1986年第2期。

使中国作家在感受方式、艺术方法等方面深刻革新，而且创造了一种重新审察本土的民族文化，并在中西文学的渗透、冲突的基础上加以“整合”的可能性，犹如在40年代作家开始进行却被迫中断的工作那样。

第九章　历史创伤的证言

80年代的许多文学作品，尤其是前半期的创作，可以用“对历史创伤的反思和提供的证言”来概括。“历史”，指的是60年代中期到70年代中期的“文化大革命”，同时也包括“当代”的五六十年代。这段历史，在许多作家的生活经历和情感体验中，是充满各种灾难和伤痛的：不仅对于个人，而且关乎整个民族。无论是从个人经受的创伤需要倾诉的角度，还是站在对民族、国家命运关切的立场上，作家把表现的注意力放在这一焦点上，都是十分自然的事情。

一　最早的批判：三部中篇小说

文学界一般认为，以文学形式表现“文化大革命”留下的创伤，始于“文革”之后。实际上，在“文化大革命”后期，这种批判、思考在文学创作中就已开始。一些作家，尤其是当时“上山下乡”的知识青年，就已经用诗、散文、小说写下他们对艰难而荒诞的时世的怀疑和批判。食指（郭路生）、芒克、多多、根子、北岛、顾城、舒婷的诗，以及当时曾以手抄本流传的三部中篇，都说明了这一点。

靳凡的《公开的情书》，初稿完成于1972年，曾以手抄本和打印稿方式流传。1979年9月经修改后，刊载于《十月》上。这是书信体的小说，写几个在“文化大革命”中从大学毕业的青年（真真、老久、老嘎、老邪门）之间的通信。没有完整的情节，也没有通常小说的性格刻画，没有浓烈的抒情性和思辨说理色彩。这些信，表现了他们对生活道路的思考，对社会现实的批判，是已离开规范的生活轨道的觉醒者对人生、爱情、责任和民族未来的充满紧张情绪的思索。赵振开（北岛）的中篇《波动》写于1974年，也以手抄本传阅。1976年6月和1979年4月两次修改，正式发表则迟至1981年。[1] 它用多重第一人称的叙述方法构成多重的独白，在艺术形式上比其他两部中篇都要完整、成熟，写到的社会生活面也要开阔些。杨讯、肖凌、白华、林媛媛几个青年在荒谬的社会中的精神扭曲，以及他们

① 发表于武汉《长江》文学期刊1981年第1期。

对“荒谬”所做的抗争是作品的中心。礼平的《晚霞消失的时候》，分春、夏、冬、秋四章，有“古典”式的严整结构。它写了两个出身于截然不同家庭的青年（分别是国民党和共产党高级将领的后代）在十多年岁月里的四次巧遇，来铺排有关历史、人生、宗教、爱情等问题的思考探究。[①]

这三部中篇对“文化大革命”的批判，主要是从精神悲剧的角度进行的。它们都写到原先确立的信仰的虚幻与崩溃，并为青年的“精神叛逆”的合法性进行辩护。当各种各样的成年人出来批评这一代青年的精神失落和怀疑情绪，并答应给他们以“引导”时，《波动》等小说的回答是：这一代人的“悲剧生活”是不应该被否定的，更不是上辈人的经历和思考所能包容和取代的。那些自以为能洞察一切的“引导者”，其实自己“既被历史的惰性所击败，又被历史惰性所同化”。这些小说的批判的尖锐性，还在于描写了一种“崩溃”的情景，或者说是传达了对于“崩溃”的感知。这种感知，对许多人来说，要到80年代中期才清楚意识到。小说所透露的是，过去，由各种力量从外部提供给几代人的生活信念、准则，像脚下滑动的冰块，已失去其稳固性。“一种情绪，一种由微小的触动所引

---

① 发表于北京《十月》文学期刊1981年第1期。

起的无止境的崩溃。这崩溃却不同于往常，异样的宁静，宁静得有点悲哀，仿佛一座大山由于地下河的流动而慢慢地陷落……”（《波动》）

这几部中篇，提出了后来80年代在文学创作中广泛涉及的观念和哲学命题，这主要是“存在主义”和启蒙的“精英意识”。在荒谬的现实中，孤独的人对人的本质、价值、生活意义进行思考与选择是十分自然的，这使一些人从感性上，从具体处境上接受“存在主义”。至于精神出路，这些作品的指向则有差异。《晚霞》引向近似于“宗教”的信仰，将宗教式的心灵完善作为自赎和拯救的理想道路，相信“善”的价值与人类实现它的能力。《情书》表达的则是尼采式的超人哲学和精英意识，“世人皆醉我独醒”的骄傲：人们“将从我们的思想能给”他们多少光明“来判断我们的工作价值”。同是对思想启蒙和社会改造的责任的确认，《情书》提出的是社会行动，而《晚霞》则企望在个人心灵的反省上达到人格的提升：它倒是离开了“动辄以改革社会为己任，自命可以操纵他人”的“狂妄”。在这三部中篇中，《波动》则没有结论和答案，它坚持一种理想，但也破坏了一种把握历史、预言未来的自信。它表达了悲观、绝望，同时也反抗了绝望。

二　伤痕文学与反思文学

“文化大革命”之后，中国社会笼罩在浓厚的反思氛围之中。文学创作大规模地、认真地对“文化大革命”进行批判，始于1978年底以后。一直到80年代中期，文学创作的主潮，都是直接指向这段历史的作品。其他指向的创作数量很少，即使有，也被“边缘化”而得不到重视。

文学反思的最初阶段的创作，被命名为“伤痕文学”。1978年8月11日，上海《文汇报》刊出卢新华的短篇《伤痕》。在此以后，一批表现民众在“文化大革命”中的悲剧遭遇的小说出现，引起文学界极大关注。它们受到欢迎，但也为那些认为“社会主义文学”必须主要写“光明”、必须以歌颂为主的批评家所责难，并贬抑地称具有这种倾向的文学为“伤痕文学”。这一名称后来在清除去批评性含义后，得到广泛运用，成为对一种特定形态文学的概括。

伤痕文学的内容集中在两个方面，一是普通人在“文化大革命”中的遭遇：他们受到的迫害（肉体的和精神上的），以及所做的抗争。另一是，知青作家对“文化大革命”中一代人命运的描述，他们如何以高昂的热情和献身的决心投身这场革命，却成为自己献身的目标的“牺牲品”。在艺术形态上，伤痕文学表现出重情感倾诉的特点，对于“文化大革命”采取“控诉”的姿态。当时著名的作品还有《班主任》（刘心武）、《献身》（陆文夫）、《灵魂的搏斗》（吴强）、《记忆》（张弦）、《神圣的使命》（王亚平）、《我应该怎么办》（陈国凯）、《铺花的歧路》（冯骥才）、《大墙下的红玉兰》（从维熙）、《枫》（郑义）、《重逢》（金河）、《一个冬天的童话》（遇罗锦）、《在小河那边》（孔捷生）、《生活的路》（竹林）等。80年代初写就，而迟至1986年才获得出版的长篇《血色黄昏》（老鬼）[①]也属于这一类型。

伤痕文学对“文化大革命”所做的“反思”，是侧重于感情控诉层面的。社会性的对历史的思考，很快越过单纯的情感诉说阶段，对于“历史责任”的追问，在文学创作上进入所谓“反思文学”的阶段。这两者虽然难以划出一清二楚的界限（不管是作品，还是时间），但仍有其各自的特点。反思文学从作品主题而言，它产生于作家的这样的认识：“文化大革命”并非偶然的突发事件，其思想动机、行动方式、心理基

① 《血色黄昏》完稿于80年代初，写“知青”在内蒙古农村插队的悲惨生活。但许多出版社因其内容的逼真和直率，拒绝接受出版。至1986年才由中国工人出版社出版，并成为当时的文学畅销书。

础，已深藏于“当代”历史进程之中，并且与民族文化、心理，与中国现实的基本矛盾相联系。因而将对“文化大革命”的思考，与对“历史”的进一步探究联结起来，成为反思作品相当一律的思想逻辑和构思方式。在艺术上，反思文学的主要努力在两个方面。一是如何让这些实质上仍属“问题小说”范畴的作品，不落入当代众多演绎、图解概念的作品的老套。作家普遍通过对主要人物命运、生活道路的刻画，来联结“新中国”各个时期重要的社会政治事件（最主要的有50年代的“反右派”运动、“大跃进”运动、60年代初的经济危机等）。这种构思，既可以保持人物性格的独立、完整，又对提出的反思历史的“问题”给予回答。这一类型的构思，几乎囊括了反思小说的著名作品，如《芙蓉镇》（长篇，古华），《布礼》《蝴蝶》（中篇，王蒙），《天云山传奇》（中篇，鲁彦周），《人到中年》（中篇，谌容），《河的子孙》（中篇，张贤亮），《内奸》（短篇，方之），《李顺大造屋》《“漏斗户”主》（短篇，高晓声），《剪辑错了的故事》（短篇，茹志鹃），《月食》（短篇，李国文），《洗礼》（中篇，韦君宜），以及陆文夫的《小贩世家》（短篇）、《美食家》（中篇）等。

反思小说艺术上的另一特点，是理性色彩的增强。这不仅表现在作品整体的“观念性结构”上，而且或通过人物，或通过叙述者直接表达了对人生、社会、政治的观点。在许多反思小说中，不约而同地出现作为主人公的男性形象。他们走过坎坷的人生之路，经受由当代社会政治的重大事件为背景的磨难。他们面容严峻，以深沉的感情来思索，陈述着有关个人、村庄、社会的遭遇和教训。这些人物的名字，或者是张思远（《蝴蝶》）、缪可言（王蒙《海的梦》）、许灵均（张贤亮《灵与肉》），或者是魏天贵（《河的子孙》）、伊汝（《月食》），或者是易杰（孔捷生《南方的岸》）、白音宝力格（张承志《黑骏马》），或者干脆就用“他”（《北方的河》）来表示所具有的代表性。

伤痕文学与反思文学的作品，自然表现了不同作家的各不相同的观点和情感。但是，共同的倾向是，它们都表现为一种社会政治视角，都主要从阶级关系，从社会政治的范畴来观察、处理“文化大革命”。作为一种整体的文学现象，反思文学延续到80年代中期。

三　反思的思想基点

对于“文化大革命”的“历史责任”的反思、探究，80年代作家从不同角度、站在不同立场上进行，并引出不同侧重点的“结论”。可以选择若干有代表性的作家来考察这一问题。

理想的抽象化

——50年代就受到打击、经受二十余年苦难的一批作家，是写作反思文学的主要力量，如王蒙、张贤亮、李国文、从维熙、陆文夫、高晓声等。他们一般在40年代末、50年代初确立自己的生活道路和人生信念，用王蒙的话来说，就是一种“少共精神”①。在走过坎坷人生道路之后，他们许多人仍不改初衷，这成为他们“复出”之后创作的思想基点。王蒙在这方面，是具有代表性的。

王蒙在“新时期”是个多产作家。主要作品有《布礼》《蝴蝶》《杂色》《春之声》《海的梦》《相见时难》《深的湖》《淡灰色的眼珠》《在伊犁》，以及长篇《活动变人形》等，90年代较有影响力的作品有《恋爱的季节》。对于当代历史的曲折、荒谬，王蒙并不想加以掩饰。他通过对个人命运（大多是参加革命的知识分子）来揭露本来值得向往、信赖

① 即“少年共产主义者”的简称。王蒙的中篇《布礼》的题目，即出自50年代初流行的“致以布尔什维克的敬礼”。小说中主人公的情绪、理想，是这种“少共精神”的典型体现。

的理想和社会如何陷入迷误，而使投身于创建这一“理想社会”的人们受到肉体上和精神上的伤害。在对待历史上，王蒙比起另一些作家常表现了一种他和批评家所称的“辩证”观点。他不对社会现象作简单评估，不把历史责任归于某一个或某几个人，也不以僵硬的伦理观来裁定事物。他从“黑暗”中看到光明，从混乱中看到秩序建立的可能，从值得首肯的事物中发现其中的缺陷，在历史错误的责任者那里发现值得谅解之处，也在被冤屈、被迫害者中看到值得反省的劣根性。这使他的小说离开了对创伤的哀诉和愤激的抨击，这是他幽默、温婉的风格的思想基础。在长篇《活动变人形》中，试图解剖传统文化，表现在东西文化冲突下知识分子的灵魂和困境，对封建文化深层结构的残酷、野蛮，尤其是它不仅“吃人”，且“自食”，有令人悚然的揭示。

不过，王蒙的反思也有其限度。他的作品存在着始终难以逾越的思想框架。这就是带有自传色彩的中篇《布礼》所表达的观念。钟亦成，一个十二岁接触共产党领导的革命运动、十五岁加入中共、对所献身的事业忠心耿耿的“少年布尔什维克”，却在1957年成为“右派”分子，受到批判、开除出党、下放劳动的对待，并在“文化大革命”中受尽屈辱的磨难。但是，他对自己少年时代确立的信仰却始终无悔，以至表示，如果“革命”需要我受苦，需要把我枪毙一百次，我也心甘情愿。这种思想、信仰，多少已经离开了具体的历史形态和实践内容，而被抽象为一种不可触动的教条，转而成为对人进行规范、压迫的力量。在王蒙的小说中，似乎一切都是可以分析的，没有绝对的边界，唯独这种被抽象的理想不可怀疑、分析。这一思想框架，极大地限制了他的视野，阻隔了本来敏锐的观察力和感受力。

历史的道德化

——在对历史的“阐释”上，有一些作家常表现出将历史“道德化”的倾向。这特别体现在李国文的《月食》，以及从维熙写监狱、劳改队的作品（《大墙下的红玉兰》《第十个弹孔》《燃烧的记忆》《泥泞》《远去的白帆》《雪落黄河静无声》《风泪眼》等）中。从维熙写劳改队、监狱的作品，从题材上说，很容易使读者联系起索尔仁尼琴，但它们之间却大异其趣。从维熙继承了传统中国戏曲、小说的历史观，将中国当代历史运动看作是善恶、忠奸的政治力量之间持续的较量过程。历史出现的曲折，“文化大革命”的灾害，正直者的受难与冤屈，都是由于奸佞之徒（在从维熙小说中，或者是“国民党还乡团”，或者是“四人帮”及其“帮凶”、追随者）一时得势的结果。

这种历史观，决定了从维熙等的小说结构和人物塑造。

首先，一切复杂现象被清晰、条理化为两种道德对立的力量的冲突，并构成作品的情节线索。其次，对于“善”一定战胜“恶”的信念的坚持，小说表达了任何社会曲折只是历史上偶然阶段的观点。这被表现在日食、月食等“意象”的运用中。《大墙下的红玉兰》开头的类乎“题记”写道：“民间传说：日蚀是天狗想吞噬太阳的时刻，在这个时刻，天地混沌，人妖颠倒，鬼魅横行……”李国文的《月食》，在作品最后，更直接写入这种现象来寓意当时中国的政治情势：黑影如何侵入晶莹玉洁的月亮，以至仿佛跃进了漆黑的深渊，然而，月亮终于摆脱黑影而更加明净、皎洁。再次，这种道德化的历史观，必然导致“圣人出、河海清”的信念。因而，从维熙等的作品中的“英雄人物”“正面力量”，那些受难、但最终取得胜利的革命者，便被刻画成一些灵魂“纯净”、道德“完善”的形象。他们并不想去探究自己身陷囹圄的原因，没有想要去解开广泛性的社会悲剧之谜，也没有表现出对自己生活的土地为何长期难以摆脱苦难的关切。他们的努力，就在于如何在“乱世”中保持自己的“节操”，像《雪落黄河静无声》中的范汉儒[①]那样。他们坚信一种未经证实的逻辑：个体人格的

① 这个人物的名字，就包含中国知识分子的典范的寓意。

完善，也是社会政治问题得以解决的基础和前提。

“国民性”问题的再度提出

——高晓声、陆文夫都是江苏省的作家。他们在1957年曾和另一些青年作家一起，拟创办在思想、艺术上自由探索的文学杂志《探求者》，刊物未及问世他们都成了“右派”分子。他们重新写作后，对“文化大革命”的反思形成了自己的视角。陆文夫在代表作《小贩世家》《美食家》《门铃》《井》《围墙》中，坚持写生活中的“凡人小事”的“路线”（他曾将他的一批小说，冠以“小巷人物志”的名称），又力图“在普通而平凡的人与事中找出和历史的有机联系”。高晓声则主要写农民的命运。他影响最大的是几个短篇，如《李顺大造屋》《“漏斗户”主》《陈奂生上城》《陈奂生转业》《陈奂生包产》，以及《鱼钓》《山中》《飞磨》《绳子》等带有象征色彩的小说。他也努力把对普通农民在当代的遭遇的描写，与时代历史联系起来。对于当代历史的“左”倾思潮、政策，以及封建意识、官僚作风等等的社会病症，他和陆文夫都提出了自己的批评。这种批评，是温和的，即所谓“讲究分寸，注意合度”。因此，即使是沉重的题材，他们也都带着善意，以微带幽默的舒徐笔调来叙述。

高晓声写农民的小说，引人注意的是重新提出“国民性”

的问题。评论界也曾经指出这是鲁迅等的小说主题的继续。高晓声认为，中国当代农民悲辛的命运的造成，除了外部的压力外，这些长期未能解决温饱的农民自己也有责任，那就是他们身上传统性格的弱点。李顺大、陈奂生们的勤劳、坚韧，又包含着逆来顺受、隐忍的惰性与奴性；他们对执政党和新社会的热爱、信任中，也蕴含愚昧麻木的顺从；他们的“精神胜利法”，既是弱者用以保护自己、维持心理平衡的“武器”，也是自欺以苟活的防空洞。这种复杂的思想性格、情感反应，在《陈奂生上城》等作品中有生动的展示。

不过，如果一定要把高晓声和鲁迅联系起来谈论的话，那么，鲁迅是冷峻深刻的，而高晓声的作品要温和、明亮得多。这种风格的相异，与对社会、对历史的观点有关。在高晓声看来，“当代”已经是普通劳动者可以“做主人”的时代，问题是他们未能从“因袭的重负中解脱出来”。但其实，作家也许更多体会到，对于普通凡人来说，左右历史、改变社会都只是奢谈，他们能做到的，是如何承受各种挤压，在外部力量压迫中调整自己的行为与心理而已。因而，并没有什么“怒其不争”，有的只是将心比心的谅解而已。

对苦难的赞美

——50年代成为“右派”的作家，在其后的二十年中，不同程度经历了苦难的生活道路。他们反思历史的作品，不可避免地要写到当代陷于不幸深渊之中的知识者灵与肉的艰辛与痛苦。

张贤亮从1958年到1976年的十八年中，因为是“右派”分子而两次被遣送劳改农场“劳改”，一次被“管制”，一度曾被送进监狱，“除了劳动权之外被剥夺了一切社会权利，甚至剥夺了爱与被爱的权利”。1979年以后重新写作。他的小说得到较高评价的，是以自己二十年“苦难历程”为素材构撰的那部分，即《灵与肉》《邢老汉和狗的故事》《萧尔布拉克》《土牢情话》《绿化树》《男人的一半是女人》，以及长篇《习惯死亡》。这些小说，写被“社会”遗弃的读书人，被流徙到西北贫瘠的荒漠地区，他们从生活和劳动方式都相当“原始”的下层劳动者那里发现坚韧的生命力和灵魂的美。这些劳动者（尤其是其中泼辣、充满自信的女性）便成为他们的崇拜对象和救赎者。不过，中国传统读书人根深蒂固的优越感，以及凭借学识的“资本”以求闻达的欲望和可能性，使这些作品在深层意识和结构上，仍是古典戏曲、小说的“落难公子”“痴心女子负心汉”的主题的现代沿袭。

对于这一代知识者的苦难，张贤亮等作家在处理的态度上是复杂的。有时会感到难以回首的惊心，有时则因自己青春、宝贵生命被虚掷而产生惆怅悔恨。更多时候，在苦难已成为过去之后，又会转化为一种值得骄傲的“资本”。这种苦难的事实和体验，一方面是当事人脱离苦境之后欣赏、回味的“材料”；另一方面，也成为他们社会地位、价值的证明，而使他们在80年代前期，再一次扮演蒙难的启蒙英雄的角色。有人认为，对苦难的赞美是一种宗教精神：“你们落在百般试炼中，却要以为大喜乐”，“经过试炼以后，必得生命的冠冕”。[①]其实，这只是一种表面上的趋同。与宗教（基督教、佛教）的经过苦难而达到对人类救赎的宏愿不同，张贤亮作品中对苦难的赞美本身就是目的。这是另一种封闭的情绪，因而，表层骚动不安，其深层却是宁静，是精神探索的终结。

重建英雄意识和消除英雄幻觉

——巴金从1978年到1986年，用了八年时间写作总书名为《随想录》的随笔。它们分别以《随想录》《探索集》《真话集》《病中集》和《无题集》五个分册出版。总共一百五十篇的长短不一的文字，有对社会政治、教育、文学艺术等现实问题的

---

① 见《圣经·新约全书》中的《雅各书》第一章。

杂感，有对自己创作生涯的回顾，有对亲朋故旧的回忆怀念。而最主要的内容，是对“文化大革命”的反思、批判。同大多数人目前的看法一样，巴金将“文化大革命”看作一场“浩劫”。他认为，有过这样“可怕而又可笑、古怪而又惨痛”的经历的作家，只是对施之头上的暴行加以揭露、控诉是不够的，重要的是要弄清楚事情发生的根源，以及它对人类历史意味着什么。

巴金选择“解剖自己”作为这种思考的起点。在许多人对自己在“文化大革命”中应负的责任保持沉默，或采取文过饰非的态度时，巴金的自剖是严苛且近乎“残酷”的。《随想录》坦率地揭露了一个长期呼唤真理的作家为何在一段时间里失去独立思考能力、陷入精神迷误的情景，并进而追究他在五六十年代各种运动中的错误、责任。他对自己的反省，并不是自虐，而是要由此追回、重建一度失去的“启蒙者”的意识和责任，以便在新的历史时期，向国人提出振聋发聩的问题：一个民族、几亿群众为了什么缘由而卷入这场“动乱”，陷入狂热的迷信崇拜之中？

对于《随想录》“忽略了文字技巧”的批评[1]，巴金的回

① 80年代初，曾有人在香港出版的《开卷》杂志上批评巴金的《随想录》有在艺术技巧上注意不够的欠缺。巴金为此写了回答的文章。

答是，我“不是文学家”，“是大多数人的痛苦和我自己的痛苦使我拿起笔”。他对历史、对自我的反思，建立在对一个人道的、理想的社会终将实现的确信上。他坚持“人性善”的哲学观，相信“善”的意义和人类实现它的能力的统一。他不承认“理性”的局限，不承认人对世界、对把握自己命运的能力的限度。因此，在巴金的理想与历史现实状况之间，出现深刻的裂痕，这使他陷入无法找到答案的新的痛苦之中。不过，《随想录》的价值，也许并不在于社会分析、思考的深度和识见上，动人之处是诚挚，是显示人格的正直。不难看到其思想艺术上的缺欠，但他的生活、著作却绝无欺骗。这种近于“憨傻”的正直品格，使“作家是民族的良心”这句看来已过时的话重新变得庄严。

杨绛在50—70年代，只翻译作品，停止了文学创作。80年代，她写了不少散文、随笔，且出版了长篇小说《洗澡》。《干校六记》在体制上仿照《浮生六记》[1]，写作者1969—1972年间在河南“五七干校”的生活、见闻。在随笔集《将饮茶》中，除回忆她的父亲、姑母（在20年代有争议

① 清朝散文家沈复的自传体散文。原有六记，今存四记：《闺房记乐》《闲情记趣》《坎坷记愁》《浪游记快》。

的颇为著名的人物——杨荫榆）、丈夫（钱锺书）的“旧事重提”外，也有回忆“文化大革命”的篇幅。出版于1988年的《洗澡》，以50年代初知识分子的思想改造运动为题材。比较起巴金投身事态的激烈和率直奔放的文风来，杨绛显然是简约含蓄而温婉的，有一种走出事态的平静。在对往事、对“文化大革命”的回顾上，她并不特别选择惊心动魄的事件，一般也不撕开伤痕，很少大声抨击，却也能在日常言行人事中，透露事物的乖谬与心中的隐痛。语调平静，但不冷漠；时有嘲讽，也有宽宥。她同情、理解知识分子在政治、权势压力下编造“空话”的处境，却不隐瞒他们思想、心灵上的阙失、污垢。杨绛的作品，一方面解剖了强加在知识分子身上的政治压力；另一方面，也试图消除、摧毁中国知识分子过多的“英雄”幻觉。她重新提出胡适等在五四时期所主张的“个人主义”的命题。在经历当代曲折命运之后，她认为，知识分子最好是少一些救国、充当“先觉”和“先驱”的虚妄，最好是适情任性，选择自己能做也乐于做的事情。当务之急，倒不是“救人”，而是自救，挽救所存无几的本性。这样，自己的才智、独立精神反而能得到保存与发挥。

四　知青文学的演变

关于“知青文学”（或“知青小说”）概念的界定，批评界有不同的说法。这里指的是：第一，作者是“文化大革命”中曾“上山下乡”的知青；第二，作品内容，主要是有关“知青”在“文革”中的生活、情感的描写，但也包括他们返城后的经历。知青文学在体裁上一般指小说。孔捷生、梁晓声、郑义等曾被称为“知青作家”，但人们很少将这一称谓加诸舒婷、芒克、多多等的头上。知青文学在“文革”期间便已出现，但这一概念迟至80年代才提出，而作为一种文学潮流，也出现在“文革”结束之后。

与50年代成为“右派”的“复出作家”相似，知青作家的作品，也常有明显的自传色彩。他们要为自己这一代人的青春立言，为他们这段经历提出或悔恨或困惑或骄傲的证言，他们也可以不费气力地从自身生活中，找到可以写进小说的人物、故事、细节。不过，比起“复出作家”来，他们更关心个体“本性”的失落与寻找，对历史本身做出评判、探究历史运动的根由的创作冲动则要淡薄得多。另一点差异是，他们没有王蒙式的“少共精神”，或者说，这种灌输获得的精神，在“文化大革命”中已被打碎。他们没有对50年代初的“所有的日子都来吧，让我们编织你们”[①]的理想化记忆。这样，知青作家的创作在小说形态和内在情绪上，都有别于复出作家的反思小说。他们不想以个人经历去联结历史重大事件，他们情绪基调也始终处在惶惑不安、处在焦虑的寻求之中。这与复出作家创作表层上激愤、痛苦，与内核和谐、安定、自以为已洞察历史和人生的真谛的圆满心态，形成有趣的对照。

对知青文学特征的上述的提示，并不因此否定个别作家作品的个性。由于作家各异的素养、生活经历，在“文革”中的不同位置，以及返城后不同的境遇，生活体验自然也有许多差异。另外，知青文学从总体上看，随着时间的推移，也发生重要的演变。“文革”结束后到80年代初，是知青文学的最初阶段。与当时文学主潮的步调相一致，这是个感伤的阶段。在卢新华的《伤痕》、郑义的《枫》、遇罗锦的《一个冬天的童话》、竹林的《生活的路》、孔捷生的《在小河那边》、叶辛的《蹉跎岁月》、陈建功的《萱草的眼泪》等作品中，写青年人在“文革”中的悲剧，他们的青春、信念被

---

① 这是王蒙写于50年代，出版于80年代的长篇小说《青春万岁》，青年学生在当时唱的歌曲的句子。

埋葬，心灵受到扭曲的过程。其中有对生命不能得到保障、真诚信仰被愚弄的愤怒，也有回首往事的悔恨的伤感。长篇《血色黄昏》也属于这一类型。知青文学一般都显得比较幼稚、粗糙，但是那种真切的体验与情感的率直表达，却也是以后的作品所不复再见的。

在越过最初的感伤揭露、对“文革”作悲剧式展示之后，一部分知青作家对“上山下乡”等题材的态度有了变化。这种变化，与“知青”运动实际上已结束有关，也与大批“知青”回城后的实际处境有关系。城市对这批“游子”的态度是复杂的：既提供他开拓新的生活道路的可能性，但也有他事先没有预料到的推拒，以及包括上学、就业、住房、婚姻、人际关系等等矛盾、困扰。即使一些具体生活问题得到解决，原先破碎的生活信念、价值观也没有重新确立。上述的生活矛盾和精神困惑，在1981年，最早被写进王安忆的《本次列车终点》和孔捷生的《南方的岸》中。“终点”与“岸”，本来都意味着目的地的到达，意味着结束漂泊，有了归宿。但是，小说却写出这种归宿是新的不安和另一种漂泊无定的开端。

出于精神探求的需要，知青作家不断寻找另外的审视往昔生活的基点。他们或者对这场“上山下乡”运动给予更冷静、深入的批判，或者反过来从中发现值得肯定的价值。这种发现，也主要是对一代人的“青春年华”的重新审视。在这方面，梁晓声是有代表性的。他在东北的北大荒生产建设兵团生活了七年。他的《这是一片神奇的土地》《今夜有暴风雪》《雪城》，写到知青所蒙受的愚弄。但是，他的作品坚持这样的观点：这一代青年的那种“豪情”，那种献身精神，不容否定、亵渎。“我们付出和丧失了许多，可我们得到的，还是比失去的多。”这是“无悔”的宣言。他继续在作品中保持悲壮的浪漫风格，他将知青的抱负、理想，与环绕他们的环境和外部力量分开。张承志对往昔生活的挖掘，则表现为另一种趋向。实际上，从《黑骏马》《北方的河》开始，他的视角已离开了社会政治的范围。他和史铁生的《我的遥远的清平湾》，表现了后来出现的“寻根文学”的精神特征。张承志从草原，从蒙古族、回族的牧人、农人中，找到带有原始的人性特征的品格与情感，作为更新自我与社会的精神力量。

虽说知青文学的演变与时间的推移有关，与知青80年代的现实处境有关，但也与不同作家在“文革”中的位置与遭遇密切相连。“文革”发生时同样是红卫兵发源地的清华附中高中学生的张承志和郑义，一是“老红卫兵”中的一员，一因出身“资本家”而开始就受到歧视。这种情况，与后来他们作品中对“文革”的态度有直接关系。王安忆曾在淮北农村插队，但在“文革”开始时，她只是69届初中生，并没有形成如“老三届”[①]那样的社会理想和人生价值观。“在刚刚渴望求知的时候，文化知识被践踏了；在刚刚踏上社会需要理想的时代，一切崇高的东西都变得荒谬可笑了。”[②]他们许多人没有经历“老三届”那种“痛苦的毁灭”，不需要为自己的“青春”的价值立言，因而也失去从插队农村中寻找精神财富的那种动机。在王安忆的长篇《69届初中生》，以及她有关淮北农村生活的小说中，很难捕捉到有关这场运动、这片土地的神圣意态和诗意想象。在实际上，她的写作也很快离开了对“文革”进行反思的题旨。

持一种冷静、“旁观”的态度来写“文化大革命”，写“上山下乡”运动，是知青文学出现的一种变异。阿城、李晓都迟至1984年才开始发表作品。他们的特殊视角，使他们的作品在一开始便被有的批评家认为难以用“知青文学”来概括。这些作者由于家庭等方面原因[③]，在“文化大革命”中被排除

---

① “老三届”，指“文革”开始的1966年已在中学就读的初、高中学生。他们分别在1963年、1964年、1965年入学。

② 这是作为69届初中生的作家王安忆对自己这一年龄段的知青与“老三届”思想上差别的分析。

③ 阿城的父亲是著名电影评论家钟惦棐，1957年成为“右派”分子。李晓的父亲巴金在“文革”中被攻击批判。阿城和李晓在“文革”中都没有资格参加红卫兵，处于受歧视的地位。

在运动之外，这使他们有可能看到置身其中者难以看到或忽略的方面。对于这段历史，自然也表现出怀疑批判的态度。不过，他们并不想对历史的是非曲直加以评判。在李晓看来，人性扭曲的过程和后果，更值得关切。他的《继续操练》《机关轶事》《关于行规的闲话》等，以嘲讽调侃的语调，写回到城里从事各种职业的“知青”为权、利等欲望所驱动，所进行的钻营、欺诈和不择手段的互相倾轧。在此之后，他还回过头去追述这批“弄潮儿”在“文化大革命”插队落户中人性扭曲的过程（《屋顶的青草》《小镇上的罗曼史》《七十二小时的战争》等）。这些年轻人，也都有过不甘沉沦的挣扎。不过，在社会环境的巨大压力下，他们从被迫转为自觉地投入抢占有限社会“空间”的尔虞我诈的“战争”。李晓的小说，用喜剧方式来处理这种悲剧事态，在作品内涵上，有一种浓重的宿命和悲哀。不过，内质与形态之间这种反差的结合，有时并不是十分合度。

80年代中期以后，知青作家作为一个创作的“群落”事实上已不存在。这是由于这批作家已迅速分化：无论是题材，还是视点。张承志对回族生活历史的宗教式礼赞，已完全离开“知青”的体验；史铁生多少离开写实的基点来艰难地探索人的精神归宿问题；王安忆无疑是最不愿意人们称她为“知青作家”的，她更不愿撰写感伤的青春浪漫曲，她的取材多变，在引起争议的“三恋”[①]的中篇中，试图探索“性”在人的生命中的地位。其他如韩少功、郑义、郑万隆、陈建功、孔捷生、铁凝等，也都多少开辟了创作新路。自然，知青运动是牵涉千百万人命运的运动，它留给一代青年的记忆不可能很快消失。况且，这一历史事件所提供给文学的“资源”，也很难说已被充分挖掘。在这种情况下，有关这一题材的作品将会不时出现。80年代后期，有张抗抗的《隐形伴侣》、陆天明的《桑那高地的太阳》、郭小东的《中国知青部落》等长篇出版。以纪实的体裁来回顾这场历史的作品，如《中国知青梦》（邓贤）、《龙血树》（陈凯歌）等，也引起人们注意。

① 指中篇小说《小城之恋》《荒山之恋》《锦绣谷之恋》，均发表于80年代后期。

第十章　新诗潮

一　诗界的基本状况

“文化大革命”之后，当代新诗创作也走上与前二十余年既有联系，但又明显不同的阶段。尽管80年代诗的发展仍为一系列难题所困扰，但是，这十余年诗坛所呈现出来的繁富的艺术局面，新的诗歌观念、艺术因素的提出与生发，以及一批具有历史内涵和审美价值的不同风格作品的诞生，这一切，都是前二十余年所难以比拟的。

从70年代末开始，诗歌界开始对当代诗的发展道路进行检讨、反思。在关于“诗歌危机”的讨论中，在诗的“自我表现”、诗的特质与功能、诗的传统与外来影响、诗与读者关系等一系列问题的论争中，审察当代诗发展道路上的偏差，而与五四新诗传统中被掩埋、忽视的部分相接续。在诗人构成上，这十年也发生了大范围的创作力量的更换。青年诗人逐渐成为创作的主力。他们的革新和探索精神，在文化修养和诗歌技艺上的准备，以及与世界诗歌的广泛联系，给中国新诗的发展注入新的血液。所有这一切，必然引起诗歌观念和审美特征上的具有转折性质的变化。这一变化，曾被概括为“诗的自觉”：强调抒情主体在这一文学样式中的主导地位，强调诗自身的艺术属性，而摆脱描摹生活表象、作为政治附庸的状态。不少诗人开始意识到，一方面，诗是创造出来的人类世界的一种精神现象；另一方面，又是超越人自我、同时也超越现实时空的特殊世界。诗人必须从现时性的现实和自我出发，通过创造审美的艺术世界来建立起他对人类精神领域负有的使命。

“文化大革命”结束之后，新时期诗歌的最初乐章，是由一个被命名为“复出的诗人”的群体来承担最主要的演奏角色的。这指的是艾青、公刘、白桦、邵燕祥、昌耀、流沙河、梁南、绿原、牛汉、曾卓、冀汸、唐湜、唐祈、王辛笛、郑敏、陈敬容等。当这些诗人洗刷去不白之冤，重新纳入原来的运行轨道时，他们都已步入中老年行列。艾青1978年重新发表作品时已近七十岁。50年代初还只有二十多岁的公刘、昌耀、邵燕祥也都已五十岁左右。二十余年的艰难岁月当然不是空白，但一概地说他们重新“焕发了青春”，则只是我们惯用的文学修辞和自我安慰。长时间沉落在社会底层，加深了他们对历史、人生的体验、思考；而长时间脱离艺术实践，又使他们要恢复年轻时的感觉的敏锐、想象的灵动已不是那么容易。他们就这样带着无法抹去的历史遗痕重新写作。历史的断裂和错动，凝定在他们个人的生命里，并且在他们重续自己曾被阻断了的社会理想、美学理想和歌唱方式中表现出来。他们“复出”后几年里的创作，在主题、思想、意绪上表现了相当一致的共同性，以至评论界把他们的诗称为“归来的歌”[①]。“归来”在他们看来意味着回到曾将他们遗弃的“集体”里，也意味着回到他们原先生活和艺术的位置上。

艾青在时隔二十一年之后重新发表作品，发表了《光的赞歌》《古罗马的大斗技场》等长诗。概括一个时代的历史，曾是他难以忘怀的抱负。在这些作品里，他试图从纵深的时间过程和广阔的空间范围上来透视民族、人类的历史。这些作品也在当时受到极高的赞誉。但是，艾青思想视野和情感方式的显而易见的局限，使他无法承担这一任务，倒是一些更多融进个人人生感悟的短诗，如《鱼化石》《失去的岁月》《关于眼睛》《盆景》等，有较高的价值。

---

① “归来的歌”，也是艾青“文化大革命”后第一部收录新作的诗集的名字。

公刘50年代是在军队中服役的青年诗人。他在成为“右派”分子之后，自己和家庭不断的悲剧性变故[1]，使他的诗离开了柔情和明快，成了火一样的激情的宣泄和喷发。他的《为灵魂辩护》《竹问》《哦，大森林》《关于〈摩西十诫〉》《解剖》《乾陵秋风歌》等，表现了直面现实和历史的严峻态度，与直面自己灵魂的坦诚立场。这个阶段，他的诗的色调是痛苦的冷峻。他采取一种类乎“大哭大笑”的表达方式，并常采用反问为核心的排比句式。尽管他的视点与现实政治问题过于靠近，而为了获得情感的淋漓尽致的表达也使诗缺乏控制、显得有些直露。但是，他却真诚地实践了他的诗的美学：“没有灵魂的诗是诗的赝品。”

昌耀在50年代就对青藏高原表现了特殊的兴趣。他最早的诗，讲述对这块带着原始野性的荒漠，以及“被这土地所雕刻”的民族的奇异感受。后来，他遭受了长达二十年的监禁、苦役和颠沛流离。“复出”以后，他很快就与50年代的创作题材、主题相衔接，表现了对这心魂所系的高原土地的挚爱。在长诗《慈航》《雪，土伯特女人和她的男人及三个孩子

① 这时妻子弃他而去，留下不到一周岁的女儿。他被遣送到山西等地从事重体力劳动。“文化大革命”期间，由于受不住连续打击，公刘父母相继亡故。

之歌》中，讲述了一个“摘掉荆冠”踏荒而来的青年，终于在土伯特人中找到生命、爱情的依归。他把那些“占有马背的人”、“敬畏鱼虫的人”、“酷爱酒瓶的人”、“卵育了草原、耕作牧歌”的“大自然宠幸的自由民”，作为“追随的偶像”。在古老的、带有原始表征，并且世代绵延不息的生活中，寻到生命的美，尤其是生命的勇武、伟力和韧性，灵魂中躁动不安的对到达彼岸的渴求。昌耀诗的意象构成，一方面是高原历史传说、神话，另一方面则是现实的民族的世俗生活事件和细节。人类最基本的追求和高贵的精神品质，就存在于现实的最普通的生活形态之中——这是昌耀的哲学意识，也转化为诗的构思的基本线索。他的语言是充分“散文化”的，注重的是语言的内在节奏。他常有意采用奇崛的语汇，以及现代汉语与文言词语交错的语言结构来产生一种刚健、雄浑的艺术效果。他的艺术成就，得到一些人的倾心赞许，却未被诗界普遍认可，因而是孤寂的。出版有《昌耀抒情诗集》《命运之书——昌耀四十年诗作精品》。

蔡其矫在五六十年代，曾因所谓“反现实主义倾向”“唯美主义”等多次受到批判。“文化大革命”中，一度被作为“现行反革命”，流徙在闽西北山区达八年之久。不过，他一直没有停止写作。这些诗，连同“复出”后的新作，结集为《祈求》《双虹》《福建集》《生活的歌》等多种集子出版。蔡其矫虽是来自解放区的诗人，却走着不同的艺术路线。他所处理的题材、运用的艺术方法，更多地继承了西方19世纪浪漫主义的传统，虽说后来他也致力于汲取中国古典诗歌的艺术养分。他的一部分作品（尤其是写于“文化大革命”期间的《哀痛》《祈求》《玉华洞》等），有很强的社会政治意识。他也以对人的关怀和对大自然的挚爱，写了大量的爱情诗、山水诗和表现故乡（福建省）人文地理、历史习俗的风物诗。贯穿他的作品的基本思想是人道主义精神。对于他而言，人道主义既是一种社会理想，一种伦理态度，也是他写作的目的。他认为，诗人可能是一座桥梁，经过斗争，甚至是孤立的挣扎来联结现实和梦想，将欢乐和光明带给世上。蔡其矫在“文化大革命”期间，对一些后来成为“朦胧诗”主干的青年诗人（如舒婷）的成长，有过有力的影响。他对80年代青年诗人的探索，也有更多的理解、沟通。

在80年代初的几年里写出值得重视的作品的中老年诗人，还有邵燕祥、刘湛秋、绿原、牛汉、彭燕郊、黄永玉、流沙河、陈敬容、郑敏等。这些“复出”的诗人，在几年里，诗的生命飞溅出灿烂的火花。不过，除了个别诗人（郑敏、牛汉等，一直到90年代，仍保持蓬勃的诗心和写作的活力，成为90

年代诗的重要构成。郑敏出版有《寻觅集》《心象》《早晨，我在雨里采花》等诗集）以外，这种生命力并不能有较长时间的继续。他们稳定的思想艺术基点成为前进的限制，而毕竟为时已晚的“归来”，也使他们的创作成为“一场浩劫之后的一丝苦涩的微笑，/永远无法完成的充满遗憾的诗篇……”（艾青：《致亡友丹娜之灵》）

二 “朦胧诗”运动

70年代末，一批青年诗人在诗坛“崛起”，他们的创作表现出对当代诗歌传统规范的“叛逆”精神。他们的诗歌主张和艺术创造，构成了当时产生广泛影响的“朦胧诗”运动。朦胧诗的出现，是80年代新诗潮最初的，也是最重要的浪头。

朦胧诗的出现表面看来有些突然，以至当时包括艾青、臧克家在内的大部分中老年诗人在反应上或迟钝或失措。[①] 其实，它经历了相当一段时间的酝酿、准备。60年代末，“文化大革命”之初充当革命“先锋”“主力”的红卫兵，被放置在

---

① 艾青、臧克家等多次在不同场合讲话，或撰写文章，指责这些青年人的创作。如认为他们的诗“晦涩”“看不懂”，只写狭隘的自我等。

需要接受“再教育”的位置上。这场“革命”和随后的“上山下乡”运动所暴露出来的问题，以及在深入生活底层后对社会真相的加深认识，使一些青年在思想上产生剧烈的震荡，对原先确立的信仰以及人生道路产生怀疑和重新审思的情绪。这是朦胧诗孕育、出现的心理感情背景。这种情绪，最早表现在北京的“知青”郭路生（食指）写的一组诗（《我的最后的北京》《相信未来》）之中。

在70年代的“上山下乡”运动中，全国各地有无数的“知青聚居点”。其中有些“聚居点”，成了后来诗歌运动的发源地。其中最负盛名的是河北省白洋淀某渔村，北京的一批“知青”在这里插队，如芒克（姜世伟）、根子（岳重）、多多（粟世征）等。他们1972年前后开始写作，并互相交换阅读。主要作品有《十月的献诗》《心事》《阳光中的向日葵》《一个死去的白天》（以上芒克），《陈述》《手艺》《教诲》（以上多多）等。他们的部分作品也开始以手抄本方式在流传。与此同时，北京、福建、贵州等地的一些青年也开始他们的写作，如北岛、江河、严力、舒婷、顾城等。他们用尚嫌稚嫩的笔，写下个人的体验，以及对精神价值的探求和向往。

这些青年在当时的写作，由于特殊的社会政治和诗歌环境，导致他们诗的内容、创作态度、作品传播方式的特殊性。

这些思想和艺术形式都带有“反叛”性质的作品，在当时的刊物上发表并得到诗歌界认可，不仅不可能，而且，秘密写作本身就意味着某种风险。写诗的青年人在当时条件下成为“诗人”的可能性也极小。诗对于他们来说，既非政治宣传、道德教诲的工具，也不是通往职业诗人的阶梯。诗是他们生活、情感的寄托，是他们生活的重要组成部分，也是他们对现实世界进行思考，并在情感上、心智上企图超越现实世界的“手段”，从而达到充实他们生命的目的。正如芒克《十月的献诗·诗》（1974）所写：“那冷酷而又伟大的想象/是你在改造着我们生活的荒凉。”写诗的人与其“产品”之间的这种关系，决定了他们作品所显示的执着、真诚的情态。

这些青年诗歌创作的另一特征，是写作与当时的普遍性的对个人生活道路和民族命运的思考紧密相连，与他们为着这种思考而出现的读书热同步。读书对他们来说，是为了寻求更多的认识手段，寻求更多的观察点与参照物，同时也是发现新的智力和感情天地的必由之路。这直接影响他们的知识结构、感受、思维方式和表达方式。一批在60年代出版的[①]、以批判为

① 主要由北京的商务印书馆和作家出版社出版，包括西方现代哲学、社会学、政治学著作，以及苏联、美国的一些文学作品。

目的供高级干部和专业人员阅读的“内部发行”的出版物，尤其引起他们的兴趣。这些书，涉及哲学、社会学、政治学和文学各个方面。如爱伦堡（I. Ehrenburg）的回忆录《人·岁月·生活》，塞林格（J.D. Salinger）的小说《麦田里的守望者》，凯鲁亚克（J. Kerouac）的小说《在路上》，金斯堡（A. Ginsberg）的诗，西蒙诺夫（K.M. Simonov）的小说《生者与死者》，苏联“第四代”作家（如阿克肖诺夫、叶夫图申科）的诗、小说等。哲学、政治方面的有萨特（J.P. Sartre）的《辩证理性批判》，罗素（B. Russell）的《西方哲学史》等。这种庞杂的、也不见得有深入了解的阅读，给他们的思想艺术取向留下深刻的影响。

还需要指出的另一特征是，这些青年的写作与作品的流传，处在一种秘密或半秘密的状态之中。这股诗潮，以“潜隐”方式存在。作品无法公开发表、出版，一部分在有限的范围内以手抄本方式流传。它们虽在小的范围产生过强烈反响，但未为更多的人所了解。它们对当代诗歌发展的影响是潜在的，是属于“明天”的诗。

这些青年诗人的创作，在“文化大革命”结束后才走向公开且更加活跃，并吸引了更多的诗歌爱好者的加入。但是，在70年代后期，具有“叛逆”精神的作品难以为文坛所接受，一般公众对此也缺乏思想准备，因此，他们作品的“发表”，大都以非正式的方式。许多城市都有一个或数个非正式出版的诗刊。其中，北京的《今天》的创办，是朦胧诗运动的一个重要标志。1978年12月，《今天》创刊[①]，刊物的主要创办人是芒克、北岛等。到1980年停刊，共出版9期。除刊登诗外，也发表小说、译诗、诗论和批评。它的主要撰稿人，集中了朦胧诗运动的中坚分子：北岛、舒婷、顾城、江河、杨炼、芒克、方含、严力、林莽等。

1979年开始，由于政治、文化环境有所改善，他们的作品开始为诗界谨慎和有限度地接纳。《安徽文学》《星星》《上海文学》《萌芽》《青春》《丑小鸭》等文学刊物，先后选载了他们的一些作品。《诗刊》在这一年刊登了北岛的《回答》、舒婷的《致橡树》之后，1980年第4期又以“新人新作小辑”栏目，发表了十五位青年的诗。当年8月，更以“青春诗会”的专辑，推出舒婷、江河、顾城、梁小斌、王小妮等的一组作品。由于他们的影响不断扩大，诗歌界围绕他们诗的评价和由此涉及的诗歌观念的分歧也表面化、激化起来。公刘

① 刊物自办发行。这种民间发行的、未经政府有关部门批准的刊物，到1980年被称为“非法期刊”而不得出版。

在《新的课题》一文中，首先讨论了这一诗歌潮流的思想艺术特征及社会背景。从1980年到1983年，评论家谢冕、孙绍振、徐敬亚分别撰文，对这一诗潮给予热情支持。[①] 1980年，《福建文学》以舒婷的诗为对象，开展长达一年的“新诗创作问题”的讨论。这一年8月，《诗刊》发表了章明的《令人气闷的“朦胧”》，围绕诗的“晦涩”“难懂”展开对这一诗潮的另一角度的争论。这些青年诗人的创作，也因此获得“朦胧诗”的共名。支持这一诗潮的论者，认为朦胧诗“摒弃空洞、虚假的调头，厌恶因套、陈腐的渣滓，探索着新的题材，新的表现方法，新的风格”，认为是一场“对权威和传统的神圣性”挑战的艺术革新潮流，是“一种新的美学原则的崛起”，并开创了当代诗歌自由的艺术创造、多元并立的艺术创新的局面。批评、反对这一诗潮者，则认为这些作品有错误的思想倾向，感情不健康，是拾西方“现代派”的余唾，并且晦涩难懂。到后来，批评、攻击的中心，转到对支持朦胧诗的评论家上面，“三崛起”在1983年、1984年间的“清除精神污染”的

① 谢冕：《在新的崛起面前》，《光明日报》1980年5月7日；孙绍振：《新的美学原则在崛起》，《诗刊》1981年第3期；徐敬亚：《崛起的诗群》，《当代文学思潮》1983年第1期。他们支持“朦胧诗”运动的文章，被称为“三崛起”。

政治运动中，成为“更完整、更放肆”地“背离了社会主义的文艺方向和路线”的“逆流”而受到挞伐。[1]

不过，与反对者愿望相反，北岛等的“朦胧诗派”在激烈的论争中影响反而迅速扩大，从而确立了他们在中国当代诗歌转折期的重要地位。“朦胧诗派”的创作和诗歌活动，对中国当代诗的发展有不容忽视的功绩。他们的理论主张和创作实践的两个基本点是坚持中国当代诗打破自我封闭，与世界诗歌的发展建立起联系、对话的可能性，以及坚持将诗歌创作建立在对个体生存价值确认的基础上。北岛执笔的《今天》创刊号（1978）《致读者》中写道：“今天，当人们重新抬起眼睛的时候，不再仅仅用一种纵的眼光停留在几千年的文化遗产上，而开始用一种横的眼光来环视周围的地平线了。”同时又指出：“‘四五运动’标志着一个新的时代的开始。这一时代必将确立每个人生存的意义，并进一步加深人们对自由精神的理解。”与对他们的“逃避现实”的指责相反，“朦胧诗派”对民族命运、个人责任有强烈关注，这也是他们的刊物命名的依据：诗应“植根于过去古老的沃土里，植根于为之而生、为

① 1983年10月在重庆召开的诗歌讨论会，以及稍后发表的柯岩、郑伯农等的文章，都对“三崛起”论有严厉批评。

之而死的信念中。过去的已经过去，未来尚且遥远，对于我们这代人来讲，今天，只有今天！”他们创作中那种强烈的怀疑精神、批判精神，以及与这种批判相联系的对建立一个理想社会、对民族振兴的渴望，都是一个特定的政治、文化环境的产物。在扩大诗的艺术表现力上，在更新激活已经僵化、陈腐的诗歌语言上，在重新赋予诗以直觉和情感的感情力量上，他们都做出了初步的、但也是重要的努力。

三 “朦胧诗”主要诗人

在新诗潮的最初阶段出现的青年诗人中，北岛、舒婷、顾城、江河、杨炼经常被作为突出代表。[①] 他们都曾在《今天》上发表过诗，有的则是《今天》的创办者，更重要的是，他们围绕这一刊物所实现的“集结”，表现了某种共同的思想艺术追求。因而，除了将他们称为“朦胧诗派”之外，也有给予“今天诗群”的命名的。除他们之外，重要的朦胧诗人还有芒克、多多（他们在“文化大革命”期间，写了不少重要作品，但在“朦胧诗运动”中却相对沉默，待到朦胧诗的浪头

① 1986年，作家出版社出版了他们的诗合集，称为《五人诗选》。

已过才又开始写作。因而，他们在当时反倒没有受到更多注意），以及70年代末才开始写诗的梁小斌、王小妮等。

舒婷1952年生在福建厦门市的鼓浪屿，初中二年级时“文革”开始，十七岁时到闽北山村插队，1972年返回厦门，做过各种临时工。她在插队期间就开始写诗、散文，并得到诗人蔡其矫的指导。70年代末，结识了北方的北岛等青年诗友，成为《今天》的撰稿者，她的诗也开始在更广的范围中流传。1979年4月，她的《致橡树》被《诗刊》转载，但诗歌界对她的态度还犹豫不决。由于多种复杂的原因，在朦胧诗这批有争议的诗人中，她最先得到当时的主流诗坛的有限度承认，也最先得到出版诗集的机遇。题为《双桅船》（1982）的集子还获得中国作协第一届全国优秀新诗（诗集）评奖的二等奖。之后，她还有《会唱歌的鸢尾花》及与其他诗人的诗合集（《舒婷顾城抒情诗选》《五人诗选》）问世。

舒婷并不是一个偏于理智型的诗人。对她来说，重要的是审美的直觉和形象的感悟。她也写一些具有更大概括力与带有哲理内涵的诗，如《土地情诗》《这也是一切》《祖国，我亲爱的祖国》等，但不见得很成功。从艺术气质上看，她是内心情感型的。她通过内心来映照外部世界的音影，捕捉生活现象所激起的感情反应，揭示外部事态“溶解”于内心的秘密。这一创作路线，使她的作品从整体上回到对自我个性价值的尊重。在中国当代新诗长期回避“自我”、放逐个人内心情感表现的情况下，她的诗在当时引起人们极大兴趣是不难理解的。她的抒情风格的艺术渊源，可以看到与俄国的普希金、叶赛宁，印度的泰戈尔，中国的徐志摩、何其芳的联系。她写诗初期，实际上也更多阅读了上述诗人的创作。

舒婷最初的诗，也主要写“文化大革命”的伤痕，尤其是青年一代走向觉醒的内心冲突。她擅长于揭示内心情感的复杂性，对立的情感因素的碰撞、纠缠，以及寻找解脱的努力。其中，有关历史责任的承担、为社会做出牺牲，与作为一个柔弱女子正常生活权利之间的选择的矛盾，是常被表现的主题。虽然“道路已经抉择，/没有蔷薇花，/并不曾后悔过”；但是，仍然“要有坚实的肩膀，/能靠上疲倦的头；/需要有一双手，/来支持最沉重的时刻”（《中秋夜》）。在另一些作品里，她又不倦地追求着个体（尤其是女性）人生价值和生命独立性的实现。《致橡树》表达的是一种人格独立的爱情和理想的人际关系的追求。她因此从习见的生活现象和惯常的审美趣味中，敏锐揭发其中忽视人的尊严的传统心理因素。她忧伤地揭示已“成为风景，成为传奇”的惠安女子被人忽略的苦难（《惠安女子》）；在同样千百年来被人当作风景的三峡神女峰上，她复活了那个美丽而痛苦的梦，表现了对女性长期受压抑、没有自身独立价值的激愤（《神女峰》）。

舒婷有的诗写得比较散漫（主要是前期），有的创新不够。不过，她的许多作品，用清新的不落俗套的语言来写曲折的内心波动。诗的意象，大多与她生活的地域的自然景物有关：海、岛屿、潮汐、三角梅……她喜欢修饰性的词语，也经常运用假设、让步、转折等句式，以及表现这种转折的连接性虚词。

1982年以后，舒婷曾有一段时间搁笔。三年后再执笔时，诗的内容、形式，都有更明显的“现代”倾向。不过，她已离开了当初饱含青春活力的激情，情感趋于平静。诗的数量也大为减少，一部分兴趣转向散文。

顾城在“朦胧诗人”中年龄最小，而结局却悲惨且令人震惊。他出生于1956年，“文化大革命”开始时刚满十岁，目睹了这场政治运动的混乱、可怕。曾随父亲——军队的诗人——顾工“下放”到山东农村，在荒凉的河滩过着孤独的生活，与大自然建立了一种默契。回到北京后，当过木匠、搬运工等。早期写一些类似哲理小诗的句子，在诗中表达了一种社会批判的意念、情感。但他的诗很快就离开了直接观照社会现实的立场，而以一个“任性的孩子”的眼睛、感受，在诗中创造一个童话的、与世俗世界、与城市对立的“彼岸世界”。因此，他被称为“童话诗人”。他这种创作意向，与他的诗观、审美理想紧密相连。他认为“诗就是理想之树上，闪耀的雨滴”，“万物，生命，人，都有自己的梦/……我也有我的梦，遥远而清晰，它不仅仅是世界，它还是高于世界的天国”。他表示“要用心中的纯银，铸造一把钥匙，去开启那天国的门”。这种诗观，基于这样的信念：现实世界的分裂、不和谐的痛苦，将在诗中得到解决，以达到人的心灵的“绝对自由”。因此，诗的世界对顾城来说，不仅是艺术创造的范畴，而且是人的生活范畴。作为这一理想世界的模本和建造这一世界的“材料”的，是未被污染的大自然。“自然的洁净色彩，抹去闹市的浮尘，使我的心恢复了感知。”实际上，顾城的感知能力、对人的精神空间的敏感与关切，都是在乡村、在大自然中“塑造成型”的。因此，为了对抗他所憎恶的现实世界，他要在布满“齿轮”的灰色城市讲他的绿色故事，即使他的听众只有天空和海上飞溅的水滴也罢。他偏执地要与现实世界保持距离，实行“自我放逐”：这不仅是他的诗的内容，而且是他的生活目标。

同一些青年诗人一样，顾城充分地意识到语言所受到的严重污染，他努力想洗去上面的种种积垢，用简单、明确的词汇、句子来写作。他在许多地方表白对于惠特曼、洛尔迦等诗人的赞赏。对于后者，他喜欢他的诗的“纯粹”。在惠特曼那里，则说他学到发现人与世界之间所未知的联系的审美方式。从这点出发，顾城倾向于诗的技巧并不是有独立意义的观点，他所推崇的是一种用心去感应事物“本体”的综合能力。他对超现实的梦境的重视，对“纯粹”、朴素的词语的追求，都是这一诗观的体现。

但是，顾城诗中所表达的类乎宗教情绪的爱心，与他的死之间的冲突，却在人们心中留下长久难以愈合的伤痕。尤其是对于一个长期宣称诗的理想与生活理想同一的诗人来说，这一结局就更令人觉得悲哀和难以置信。①

顾城的作品集有《黑眼睛》《雷米》《城》《水银》《顾城诗集》《顾城童话寓言诗选》《墓床》《英儿》等。

江河和杨炼在这批朦胧诗人中，常被放在一起谈论。这主要是因为他们的创作风格在初期的某些共同点。他们最初曾表现一种“史诗”意识。江河当时说，“我最大的愿望，是写出史诗”；杨炼也宣言，“我的使命就是表现这个时代”，“就

---

① 顾城于1987年应邀赴欧洲、新西兰等地讲学、写作。1993年10月8日在杀害妻子谢烨后自杀身亡。

是表现长期被屈辱、被压抑的中国人民为争取彻底解放进行的英勇斗争以及由此带来的精神领域的巨大变革”。

这里所标示的理论，以及他们70年代末、80年代初的早期创作（江河的《祖国啊，祖国》《纪念碑》《遗嘱》《葬礼》《没有写完的诗》，杨炼的《大雁塔》《乌篷船》《土地》《太阳，每天都是新的》），给他们所称的“史诗”的艺术特征勾画出这样的轮廓：首先是强烈的社会意识和对“历史性”的重视。与当时的文学主潮一样，他们关注的是中国现实社会问题和民族命运，通过对民族为生存所做的斗争和民族文化传统的探寻来思考现实问题。其次，江河、杨炼这些诗，都表现了以“自我”来归纳民族历史的感知角度，并由此转化为一种抒情方式。在这些作品中，诗的“叙述者”（“我”）的形象，同时也是“我”所叙述的对象——土地、山川、纪念碑、大雁塔所象征的民族历史的形象，是空间化了的时间形象。“就从这里开始/从我个人的历史开始，从亿万个/死去的活着的普通人的愿望开始”（江河《从这里开始》）；“望着我的低垂的手掌，被犁杖、刀柄/磨得粗硬的黄土高原和华北平原”，“我被自己所铸造的牢笼禁锢着”。他们是在“自我”与民族历史的契合点上，展开他们的抒情与思考的。

英雄的姿态与精神气质，是江河、杨炼“史诗”的另一特征。他们在“文化大革命”刚结束时回顾历史，诗中有沉郁悲壮的基调，但对未来又都持乐观的态度。“在英雄倒下的地方/我起来歌唱祖国”，因为他们坚信在人民求生存的历史中，存在那痛苦而又不屈的灵魂。他们多采用长诗、组诗的诗体形式，理性思辨和恣肆泛漫的抒情相结合。中国当代政治诗的一些观念性词语，以及铺陈排比的句式，在他们那里也得到延续。

经过这一英雄主义的“史诗”阶段之后，他们的艺术追求发生重大变化。江河在80年代初曾有过四年的沉默。当他再写诗时，已从对聂鲁达（P. Neruda）、帕斯（O. Paz）、埃利蒂斯（O. Elytis）等的向往，转到对汉民族审美趣味的赞赏，转到对中国哲学、文学观念和诗的意境的把握上来。1985年的组诗《太阳和他的反光》发表，显示了江河诗风与前期有很大的差异。在这里，理性撞击式的叙说和激情的奔突已淡化，情绪从喧腾、躁动走向宁静，诗的“视角”也从社会层面更多地转向从情绪上对民族文化精神的把握。这个组诗以中国古代神话为题材，追日的夸父、填海的精卫、砍树的吴刚、断头的刑天都成为美的化身。这些于天地之间亦人亦神的形象，在与自然的抗争中，也化身为自然的一部分。不过，江河的这一创作路向也没有再继续下去，此后没有看到他有更多的作品发表。

杨炼并没有写作上的间隙，他的转变是在创作的持续过程中发生的。在写了几部社会性主题的长诗后，也开始将兴趣转向民族古老的往昔及那些传说、古迹。他写了《礼魂》（由《半坡》《敦煌》《诺日朗》等组诗构成）、《西藏》、《逝者》、《自在者说》、《与死亡对称》等有着复杂的哲理性内涵和结构的大型组诗。创作这些由若干独立而又存在内部联系的单元所构成的“组诗”系统，目的在表现他对人类的生存、精神活动，以及人的存在与自然的存在的关系的理解。例如，据诗评家与作者本人的解说，《礼魂》中的每一组诗是“总体结构”的不同层次：《半坡》表现人类的生存，《敦煌》探索人类精神，《诺日朗》揭示人类生存与自然的关系。而每一组诗中又包括若干首诗，每首诗中又包括若干章节、意象。它们都是“总体结构”中的组成部分。至于《自在者说》《与死亡对称》各有十六首，都是“以《易经》作结构的一部大型组诗的两个组成部分”。杨炼的这些意象繁复、密集，以演绎中国古代哲理的作品，读者普遍认为过于艰涩难懂。而以诗的方式来解说哲学观念、著作的可行性、必要性，也是值得讨论的问题。比较起来，他的一些短诗（《房间里的风景》等），在将感性体验提升为哲思上有较好的尝试。不过，杨炼有很强的想象力和对感觉、理念、情绪的综合能力。在语言运用上，他偏爱华丽的、修饰性的词语，也重视铿锵的节奏感，这常能创造出一种既悲壮又辉煌的特殊情调与氛围。

江河的诗集有《太阳和他的反光》等，杨炼诗集有《荒魂》《黄》等。

北岛70年代初开始写诗。在“文化大革命”后期，写过《波动》《幸福大街十三号》等小说，在刊物上发表时使用他原来的名字赵振开。北岛是《今天》的主要创办人之一。在朦胧诗运动中，他常被看作是这一诗派的最主要代表人物。尽管他的诗早就受到读者注意，但在当时，他却是最有争议的一位诗人。许多诗选、诗合集早已收入他的作品，但在中国大陆，他个人的诗集（《北岛诗选》）却迟至1986年才由广东的一家出版社（新世纪出版社）出版。

北岛诗最突出的是怀疑、否定精神，是对一切虚幻的期许、选择的犹豫、苟且的生活所做的否定性坚定回答，“我只能选择天空/决不跪在地上/以显出刽子手们的高大”（《宣告》），“我不想安慰你，/在颤抖的枫叶上，/写满关于春天的谎言”（《红帆船》），“走向冬天/唱一支歌吧/不祝福，也不祈祷/我们决不回去/装饰那些漆成绿色的叶子”（《走向冬天》），“我不相信天是蓝的，/我不相信雷的回声，/我不相信梦是假的，/我不相信死无报应”（《回答》）……诗中的叙述者以抗争的姿态出现，在严峻的现实面前采取不回避的态度。在悲剧性的抗争的道路上，他不接受安慰、怜悯，拒绝布施，而表现了如鲁迅所说的“反抗绝望”的英雄情感和态度：“虽然明知前路是坟而偏要走，就是反抗绝望，因为我以为绝望而反抗者难，比因希望而战斗者更勇猛，更悲壮。”[①] 北岛诗中表达的情感，展示了当代中国历史转折期觉醒者的情感的复杂性，内心的紧张冲突，以及在批判、否定中寻求个体和民族再生之路的努力。正是这种英雄式的悲壮情绪，在“文化大革命”结束后，在许多读者中产生强烈的共鸣。

80年代初，北岛的创作也曾有一段时间的中断，这与朦胧诗的论争有关，更主要的是他要清理自己，以调整审视现实和自我的角度和方法。再次执笔，他的诗的否定、批判锋芒并没有削弱，但诗中的社会政治背景已趋于模糊。这有可能是他意识到对于人性的本质而言，现实与历史的区别仅体现为时间的差异。他对社会、对人性的批判，已超乎某一确定的时空，而企望涉及人类历史的普遍本质。他写到英雄的愿望与人的平

① 引自鲁迅给许广平的信。

庸生命的冲突；在万花筒般的历史转换中，揭示人的孤立、痛苦的永恒性质，也接触人类由种种欲望产生的期待所构成的历史过程的盲目性。早期作品中“我”的自信和英雄感已有些失落，代替《宣告》《结局或开始》《走向冬天》中塑造的一代人的“冰山”的不屈形象的，是发现“我们不是无辜的 / 早已和镜子中的历史成为 / 同谋”（《同谋》）。不过，北岛仍坚信历史的意义，关于社会的理想以及诗中受难者所创造的悲剧意境也并未消失。他所面对的令人困惑的生存环境，及他对这种悲剧精神的坚持，成为他后来诗中所表现的主要矛盾。

北岛开始写诗时，更多的是接触西方的浪漫派诗人。他初期的诗具有明显的情感骨架，诗的意象的象征指向明确，形成可以作意义归纳的象征符号的“体系”。他以鸽子、岛、五色花、星星、天空、山谷、浪花等自然意象，暗示一种人性的理想生活，以夜、乌鸦、栅栏、网、深渊、残垣，作为对社会和个体生命进行分割、摧残、阻滞的力量的象征。这种象征符号的确定的内涵和价值取向，虽然有时会减弱诗的丰富的感性魅力，但在北岛的最好的作品里，这一切由于想象的奇特、感情的庄严、充盈而得到弥补。在他的不少诗中，相对立的价值取向的象征意象密集及所产生的对比、撞击，是用来表现复杂的精神内容和心理冲突的主要方法。这在《太阳城札记》《走吧》《船票》《红帆船》《界限》《港口的梦》《走向冬天》《履历》中，都有充分体现。80年代以后，他初期诗的意象与情绪观念联系单一的格局有所打破，感情也更趋于内敛，更重视感性直觉，意象与观念的关系更为复杂丰富。不过，当北岛逐渐抛开天空、海、岸、礁石、帆、太阳等蕴含崇高意义的意象，转而从琐屑平庸的日常生活中寻找诗情的时候，当他放弃英雄主义的姿态，代之以调侃、嘲讽的语调的时候，他其实并不轻松。他无法回避从历史、从人的活动中探寻意义和价值的重负。

1989年后，北岛近二十年生活在海外，《今天》这一刊物也在海外复刊。其间，他仍在继续写作，但和大陆一般读者的沟通已较困难，其影响也大为削弱。

四　新诗潮的“新生代”

在80年代的头两年之后，有关“朦胧诗”的论争虽然仍在进行，不过，事实上新时期诗的第一个热潮已在衰退。一方面，“复出”的中老年诗人的大部分写作已出现停滞，许多人无法顺利地解决思想艺术上的矛盾；另一方面，朦胧诗也面临许多问题。“今天”作为一个诗歌流派实际上已不存在。而且，由于朦胧诗影响扩大，北岛、舒婷等人的那些在思想艺术革新上激动人心的作品，被许多人所仿效，大量“复制”。模仿者往往无法保存作品中的有生命的精髓，因而便蜕化为一种形式的、技巧性的创作。上述种种现象，引起一些对诗有执着要求的青年的不满和不安，这推动了“更年轻的一代”去进行新的探索。

推动新诗潮向着另一阶段发展的另一因素是，一批年纪更小的青年人开始涉足诗和文学。与朦胧诗主要成员大多数出生于50年代初不同，他们基本上出生于60年代，“文化大革命”中还没有达到能充分体验这场“革命”的年龄。与“上山下乡”的一代相比，他们身上的“社会责任感”和对理想社会的精神追求显然要淡薄得多；构成当代几代人观察世界的视角，即社会政治力量、人的道德品质上光明与黑暗、美与丑、崇高与邪恶之间的对立，已不是那么清晰，以此作为对事物进行判断的模式的重要性已降低。这些“更年轻”的青年，更充分地看到世界的复杂性，更多失去对个人命运和社会进程加以驾驭的确信。他们更多地感受到生活平庸、琐屑的一面，而人类面临的共同性问题（战争、生态环境的破坏、资源面临枯竭、物质欲求的膨胀等），使他们更深切体验到人类生存的困境。在这样的情境下，继续起来推动当代诗的革新运动的“更年轻的一代”，要他们再保持朦胧诗人的英雄激情，继续怀有殉道者式的崇高感，似乎已不容易。即使探询人的精神价值与生命归宿，也会寻找不同的道路。北岛他们那种动人的感觉、情绪，难以再简单重复。

这样，一种有别于“朦胧诗”的“新的诗歌”的出现，就是势所必然。这些青年诗人以及诗评家，一直想寻找一个合适的称谓，以标示它们的特征。不过，由于这些诗人之间的共同性越来越少，因而，只有求助于“代”的含糊划分。先后有“更年轻的一代”“第二次浪潮”“第三代”“新生代”等名称出现。也有的冠之以“新诗实验运动”或“实验诗”。

“新生代”作品的大量出现，主要是1984年以后。在此之前，便已出现一些有异于“朦胧诗”的作品。如韩东的《山民》《有关大雁塔》等，其情绪基调与杨炼的充满理性激情的《大雁塔》已大异其趣：“有关大雁塔，／我们又能知道些什么”——这种平静与有些冷漠的语调，表现了“清除”外加的“意义”的努力。在1982年前后，还可以读到王小龙的不动声色的嘲讽和运用更加随意性的叙述语言的诗。

1984年，“新生代”的诗歌运动和创作，开始形成一定的规模，实验性的诗歌社团、自办刊物纷纷在全国各地出现。比较有名的有：南京的“他们”文学社，汇集了一些“见过面和未曾谋面"的诗的青年追求者。他们中有西安的丁当，上海的小君、陆忆敏、王寅，南京的韩东，福州的吕德安，昆明的于坚等，出版了《他们》诗刊。这个诗歌社团其实没有统一的理论主张，将他们联结在一起的动力是："我们关心的是诗歌本身，是诗歌成其为诗歌，是这种由语言和语言的运动所产生美感的生命形式。"不久，上海诞生了"海上诗群"，成员有王寅、孟浪、陈东东、陆忆敏、刘漫流等。"海上"的名称，来自"上海"的"被推了过来"所暗示的孤独。诗，是他们"恢复人的魅力"的手段。他们的作品，不可避免地会感到"无根"的纷乱城市对人所产生的压力。这一主题，在后来演变为有特定内涵的"城市诗"。宋琳、孙晓刚、张小波等出版了以此为书名的诗合集。

在80年代中期，四川的"新生代"诗歌实验活动显得最为活跃。首先是所谓"现代史诗"的创作，他们后来又以"整体主义""新传统主义"等名称来标示他们的艺术追求。他们的诗，与杨炼这一时期的创作有更多联系。他们从南方的远古习俗、神话传说取材，以构造想象中的、作为他们的精神形式的远古世界，也就是新的现代"神话"。在廖亦武、欧阳江河、石光华、宋渠、宋炜等人的诗中，常堆满各种典故，浓缩许多传说，使用许多怪异、艰涩的语词和复杂的句式，且大部分是有很长篇幅的鸿篇巨制。这使一般读者难以进入这一诗的世界。主要作品有《巨匠》（廖亦武）、《悬棺》（欧阳江河）等。

1986年，在四川还有所谓“非非主义”的诗歌活动。他们编辑出版《非非》诗歌刊物，除发表作品外，还刊登他们的理论。这一群体的活动、创作，一直坚持到90年代。他们提出一种“前文化”的主张，其诗学的基础是所谓“前文化还原”，想以诗为手段，来“挣脱”“文化”对人的意识、感觉、语言的束缚。“非非主义”其实是以诗、理论的形态来表达一种“反叛”的情绪、态度。主要成员有周伦佑、蓝马等。在四川（以及别的省份），还出现一种“反文化”的诗歌倾向。这些作品，以嘲讽的、放荡不羁的态度，语言的随意性、口语化，对“优美”“崇高”的传统规范进行破坏。

在“新生代”的众多派别和诗歌作者中，到90年代，出现了一批具有自己创作个性和诗歌理想的诗人。他们对诗艺，始终持一种严肃、真诚的态度。他们认为，诗对人类的精神归宿、对人的灵魂道路的抉择负有崇高责任，负有克服主观和客观、人和自然、意识和无意识、自我和世界分裂的责任。他们强调诗是关于人类精神反思与创建的严肃创造。这些诗人，有80年代末去世的年轻的海子、骆一禾，有西川、陈东东、欧阳江河、王家新、张枣、翟永明、于坚、韩东、肖开愚、黄灿然、臧棣、孙文波、西渡、张曙光等。由于诗歌外部环境、生存条件的窘迫，也由于诗人的敏感，诗界内部的矛盾、冲突有时会呈现紧张状态。

第十一章　文学"寻根"与精神重建

一　文学的"寻根"

在经过了激动人心的"伤痕文学""反思文学"阶段，在经过了"朦胧诗"论争和有关文学主体性论争之后，80年代中期引人注目的是文学"寻根"的提出。

在1983年、1984年间，以"知青作家"为主的一批青年作家，曾对文学"寻根"的问题交换过意见，做过一些准备，也开过不为外界所知的会议。

1985年，韩少功发表了《文学的"根"》的文章，这一般被看成文学"寻根"的"宣言"。他提出："文学有根，文学之根应该深植于民族传统文化的土壤里，根不深，则叶难茂。"并认为我们的责任，就是"释放现代观念的热能，来重铸和镀亮”“民族的自我”。[1]接着，郑万隆在《我的根》[2]、李杭育在《理一理我们的根》[3]、阿城在《文化制约着人类》[4]、郑义在《跨越文化断裂带》[5]等文章中，提出了类似的主张。他们的讲法、观点并不完全相同，却表现了相似的强烈意向：中国文学应该建立在一个广泛而深厚的民族文化的开掘之中；只有对中国文化有重新认识和开掘，我们的文学才能与世界“对话”。在理论阐释的同时，一些此前和以后发表的作品，也被主张“寻根”的作家作为范例而谈论。首先，是老作家汪曾祺发表于80年代初，以作家家乡——江苏高邮市镇的风情习俗为题材的短篇（如《大淖记事》《受戒》等）。1982年开始发表的贾平凹的《商州初录》，以及稍后的李杭育的“葛川江小说”系列，也都被看作是文学“寻根”的成果。在这一主张被强调、渲染之后，1985年前后一段时间，类似倾向的作品大量出现，构成了“寻根文学”写作的热潮。被当作这一倾向的代表性作品有：贾平凹的《商州又录》《商州世事》，阿

---

① 见《作家》1985年第5期。

② 见《上海文学》1985年第5期。

③ 见《作家》1985年第6期。

④ 见《文艺报》1985年7月6日。

⑤ 见《文艺报》1985年7月13日。

城的《棋王》《遍地风流》，郑义的《远村》《老井》，韩少功的《爸爸爸》《女女女》《归去来》《蓝盖子》，郑万隆的《异乡异闻》，王安忆的《小鲍庄》，以及张承志、史铁生、邓友梅、冯骥才等的一些作品。自然，上述作品的作家中，有的并不同意对他们所做的这样的归类。

文学“寻根”的提出，既得到一些人的热烈支持，也受到激烈的批评、诘难。批评的意见，主要是指责这一思潮的“复古”、全面回到中国文化传统的倾向。在文学题材上，则批评“寻根文学”追求原始、僻远、蛮荒的生活形态和地域，而忽视现实的社会人生的矛盾。在文学“寻根”宣言发表的三年后，这一思潮的支持者、评论家李庆西著文澄清“寻根”的实质，实际上也回答了人们的责难。他认为，提出这一主张的实质意义，是在于“寻找民族文化精神”以获得精神自救的努力。[1]

当然，这一运动的某些发起人的初衷，与开展过程（主张的阐释、创作的状况）的表现，并不完全一致。不过，它的提出，确有复杂的社会文化背景，也体现了作家创作意识上若干重要的潜隐因素。从总体上看，这是“文化大革命”之后，通过文学“手段”进行“精神重建”，寻找、确立已崩溃的

① 李庆西：《寻根：回到事物本身》，《文学评论》1988年第4期。

精神支柱的努力的继续。[1] 1981年，老作家严文井在给孔捷生的信中说："……我们现在各种年纪的好心人，不正苦于没有一个强有力的思想在人们的内心深处作为推动历史迅速前进的动力吗？因此我们查阅经典，回溯过去，捕捉那些已失去的岁月，解剖当前，憧憬未来，企图掌握那将要到来的每分每秒，重新布置自己的命运。"[2] 这种精神寻找、重建，到80年代中期，一些人已不满足于从政治的层面进行，他们企图抓住事物的"本原"（也就是"根"）的因素。他们认为，深层的"本原"的东西，是民族在悠久过程中"积淀"的文化意识与心理素质。如果以"现代意识"来重新观照"传统"，将寻找自我与寻找民族文化精神联系起来，也许能为坍塌的精神支柱的修复找到可资使用的材料。文学界的这一潮流，与当时哲学界、思想界对传统文化的兴趣的高涨应是同一种社会心理的反映。

文学"寻根"思潮的出现，也与80年代西方文化大量介绍和产生广泛影响有关。中国的重新开放，在20世纪再一次掀起"向西方学习"的热潮。在介绍、翻译西方哲学、社会学、

---

① 在80年代中期，"寻根"的思潮表现范围广泛，不仅小说创作，在诗、美术绘画、音乐等领域，都有表现。

② 载《当代》1981年第3期。

心理学、美学以及文学艺术的著作、思潮、流派方面，其规模和深度，都是19世纪末、20世纪初那一次所不可比拟的。两种“异质”文化再次相遇之后产生的比较、冲突“碰撞”，迫使人们重新拾起20世纪中国文化界长期争论不休的问题：中西方文化的特质及其异同，对不同文化所体现的基本价值观的评价，在“文化”问题上应采取何种社会发展战略等等。这些本属于哲学、思想界探讨的问题，在文学思潮和创作上也产生深刻影响。一些作家不仅体验到“文化大革命”等现实的社会政治的压力，而且猝不及防地遭遇到这种“文化冲突”和“现代化”过程的压力，一种更加深刻、广泛的精神惶恐的“文化后果”。作家们意识到，如果要深入地表现现代人的思想、心理、情感、行为方式，就无法离开对民族“本位文化”的了解。

对于中国当代文学的落后、“贫困”，在80年代初，文学界的革新者普遍认为可以借鉴西方现代文学（尤其是“现代派”文学）来解决中国文学发展的难题。因此，形成了关注“现代派”文学的热潮。这股潮流，开阔了中国作家的眼界，在文学观念、方法的更新上，无疑也产生积极的作用。不可避免的是，这时出现一批模仿的创作。随着对西方现代作家及西方文学发展过程了解的深入，作家们意识到，追随西方某些作家或“流派”，即使模仿得再好，也不能成为克服文学危机的有效途径。作家、读者看到，王蒙应用的“意识流”技巧，以及高行健在其创作中打破时空界限、具象地表现人物心理活动的方法，在世界文学中已是习常的方法，而在当初他们却曾为此激动、兴奋不已，以为发现了一个新的天地。这不免使他们感到尴尬。单纯的追随、模仿，不能成为有独创性的艺术创造。在世界文学的开阔视境上，从中国文化中寻找、挖掘有价值、有生命力的东西，应是中国文学“重建”的正确道路。“寻根”作家的这一想法，因南美洲一批作家在20世纪后半期所取得的文学成就而受到鼓舞，特别是哥伦比亚作家加西亚·马尔克斯（G. G. Márquez）在80年代初被授予诺贝尔文学奖，更被认为是有力的证明。中国年轻的、雄心勃勃的作家们认为，如果将自己的文学创造，深深植根于悠久而丰厚的民族气质与文化传统之中，以中国人的感受性来改造西方的观念和形式，就有可能产生独创性的文学成就。

二　“风俗”小说的复兴

作为一种文学思潮，文学“寻根”对创作，尤其是小说创作产生多方面的影响。当然，下面列举的种种现象，并非只有在“寻根”提出后才出现，而有的作家类似的创作倾向，也不见得有十分明确的理论支持。

“寻根”意识对80年代创作的影响，首先是作家对民俗、对“地域文化”的兴趣。当代中国大陆小说，尤其是在六七十年代，作品中地域、民俗的特征越来越模糊、淡化。当时的普遍观念是，人的思想感情，以及决定思想感情、行为方式的根本因素，是阶级地位和政治意识。这导致创作在很大程度上忽略了人的日常生活，忽略性格、心理所蕴含的民族文化的和人性的因素。在80年代，许多作家认识到，正是在特定地域的民情风俗中，在人的日常生活中，对个体的描述刻画，有可能更好地与对社会、对民族历史的深刻表现融为一体。他们也清楚地看到，现代中国小说那些优秀作品都不是离开对特定生活情景的表现而单纯去写观念和情感冲突的。沈从文在80年代得到新的评价，与这一认识不无关系。①

这样，在80年代，不少作家有意识地加强对人的传统生活的了解。更有一些作家，把考察特定地域的住居、衣着、饮食、言语、交际方式、婚丧节庆礼仪、宗教信仰等等，作为创

① 在80年代，对中国现代作家的重新评价与“发现”的工作一直在进行。一些过去受到极高评价的作家地位有所下降，而另一些曾被冷落、忽视的作家，却受到热烈推崇。后者包括沈从文、钱锺书、张爱玲的小说，以及徐志摩、戴望舒、“九叶”诗人的诗。

作视角转移、拓展的主要内容。较早注意民俗在小说情调、氛围、人物心理中的作用的，是小说家汪曾祺。他曾说："风俗是一个民族集体创作的生活抒情诗。"他在80年代写的短篇，以取材于他的家乡（江苏高邮）市镇的旧日生活的作品取得较高成就，如《受戒》《大淖记事》《异秉》《鉴赏家》《晚饭花》《陈小手》《桥边小说》等。他写南方市镇的和尚、挑夫、锡匠、店铺老板、伙计、画家、教师，并不吝啬笔墨写环绕着人物的景物、风俗。对于笔下的市井平民和下层知识分子的僵化刻板的生活和卑琐的心理行为，不无针砭和嘲讽，但更多的是发掘深藏于民间的美和健康人性。

在80年代，邓友梅和冯骥才的小说，都先后经历了从社会政治性题材到"民俗学风味小说"的转移。邓友梅的短篇《双猫图》《寻访"画儿韩"》，中篇《那五》《烟壶》《索七的后人》《"四海居"轶话》，写北京普通市民（尤其是皇族后裔、八旗子弟、工匠艺人、落魄文人）的生活，用地道的京白土话，并穿插各种风俗习惯、仪式礼节的描写。刘心武的《钟鼓楼》（长篇）等，也努力细致地在普通北京市民生活世相中，去表现北京城区文化变迁和心理波动。至于冯骥才，则以天津市井生活为内容，着重探索某一风俗（如旧时代男人留辫子、女子缠脚等）的历史渊源。它们是中篇《神鞭》《三寸金莲》《阴阳八卦》，作者冠以“怪世奇谈”的“组合小说”的总称。活动于江苏的陆文夫，这期间对苏州这个城市的风俗特征及变迁沿革，也有专门的考察。他的中篇《美食家》虽说贯串“重要的”政治性主题，但最吸引读者的倒是其中对苏州的“食文化”的细致而传神的描述。

倡导“寻根”的青年作家，如韩少功、贾平凹、郑义、郑万隆、李杭育等，也表现了强烈的关心创作中地域文化因素的倾向。贾平凹的一系列散文、小说，如《商州初录》《商州又录》《商州世事》《小月前本》《鸡窝洼人家》《黑氏》《火纸》《浮躁》，有关于长期处于封闭状态的陕南山区自然景观和人文景观的描写，着重揭示传统与变革的强烈碰撞所引起的悲欢离合，不同价值观念、人生方式的选择和较量。其他如郑万隆对黑龙江边陲蛮荒山村的描述，乌热尔图在作品中表现的对鄂温克族文化源流的感受，李杭育对浙江葛川江流域风情的考察，也都汇入文学“寻根”所诱发的风俗小说的潮流中。

三 “重铸”传统与精神探求

由于文学“寻根”的倡导者主张中国文学应植根于民族文化的深厚土壤里，用现代精神来“重铸”传统，因此，作家就面临着对传统文化特质的认识和对它的价值的估断的问题。这些问题对作家来说，不仅是一个理论问题，而且是他们一部分创作的题材和主题的焦点。自然，他们的创作对上述问题所作的“回答”存在许多差异，表现了各不相同的趋向。

一些“知青”作家，他们的青少年时代是在“毁灭文化”的“文化大革命”中度过的，这使他们失去了解民族传统文化的机会。因而，在有机会接触传统文化之后，他们在一段时间里，“聚一起，言必称诸子百家儒释道”，产生“感到自己没有文化，只是想多读一点书，使自己不致浅薄”的冲动。[①]不过，这些青年作家，如郑义、韩少功等，对以儒学为中心的“传统”，在创作中更多持一种批判的态度。韩少功、李杭育都讲过，有“规范”的和“不规范”的传统文化之分，后者更多地存在于野史、传说、民歌、偏远地区的民情风俗，以及道家思想和禅宗哲学之中。他们认为，民族文化的“精华”，更多地存在于“规范”文化之外。在郑义的《老井》《远村》等作品里，虽然也挖掘停滞生活中深藏的民众的毅力、人性的美，但这种落后、停滞生活中产生的困境、愚昧，似乎更令人惊觉。韩少功1985年以后，作为这种“寻根”的实践，写

① 参见郑义《跨越文化断裂带》。

了《爸爸爸》《女女女》《归去来》《火宅》，他将真实的生活细节描述与哲理性寓意、荒诞变形等手法结合起来。这些作品，主要是“解剖”封闭的、静态的地域中近乎原始的文化，揭示这种文化所哺育出来的“群体”性格。在《爸爸爸》这个中篇中，写的是一个名叫“丙崽”的永远长不大、却也杀不成、毒不死的白痴、侏儒。他生活在愚昧而龌龊的环境中，长相丑陋、思维混乱、言语不清、行为猥琐：这一切都是作为民族劣根性的象征物出现。这些寓言式小说的阴沉、压抑的基调，是对“一个种族”的腐败、衰落所做的带有悲观色彩的感情反应。似乎一切都无法摆脱巨大而神秘的传统命运力量的操纵：“理性与非理性都成了荒诞，新党和旧党都无力救世。”

但是，悠久而丰厚的民族传统文化是富有诱惑人的魅力的。当邓友梅在《那五》《烟壶》中，过分关心传统民俗的细微刻画时，可能没有意识到会忽略了作品内在生命力的贯注。相似的例子是冯骥才。在对待旧中国男人的辫子（《神鞭》）、女人小脚（《三寸金莲》）、阴阳八卦（《阴阳八卦》）这些文化“遗迹”的时候，他努力不以简单、粗糙的态度来处理这些习俗和其中体现的文化观念。他树立的目标是以历史的眼光对它们进行反思，廓清这些或复杂或丑陋的风习产生的“根据”，和它们所蕴含的文化内容。《三寸金莲》中，作家试图揭示的是，中国女人缠脚如何从被迫到自愿，以至煞费苦心来“美化”自己的小脚，争取男人的宠爱，揭示丑恶的扭曲如何转化为“美”，和在“美”的掩盖下，丑恶怎样成为“合理”。然而，作家潜心于对这些风俗的考究，并进而走到对它们的“审美”的沉湎。在这种情况下，严肃的反思动机便逐渐淡薄，在描写中，倒是真的把这些“腐朽”当成“神奇”，而对这种残酷、丑恶的风俗缺乏应有的道德和历史的批判态度。

在80年代中期，阿城也是提倡“寻根”的“知青作家”中的一个。他的中篇小说《棋王》发表于1984年，受到广泛注意。此后又有《树王》《孩子王》《遍地风流》等作品。他这个期间的创作，也大都取材于“文革”中的“知青”生活，但却难以归入一般意义上的“知青小说”。政治事件和社会性冲突，在他的作品中已被淡化。他提供了另一种“视角”，即从基本的生存活动来看人在“文革”中的生活，从世俗中来表现芸芸众生的甘苦。他的文化“寻根”，主要不是表现在题材意义上，而是从传统文化中去寻找一种理想的精神，作为人对世俗生活的精神超越的凭借。《棋王》等小说中的人物，都有追求心灵自由的精神。这种精神境界，其内涵更接近中国传统文化中的道家思想：在混乱的世界中追求、接近淡泊；身处世俗，不耻世俗，但又超越世俗，也超越痛苦。事实上，在社会动荡，人的生命不断经受挫折的时候，“超脱哲学”有助于摆脱政治教条和名位利害的束缚而寻找人生真谛。老庄哲学中的“无为而无不为”的处世态度，对朴素、原始的推重的生命意识，以及佛教禅宗强调直觉体验而达到“顿悟”的感知方式，在阿城小说中都有所体现。不过，正如有的评论家所指出的，阿城的人物坚持的并非纯然的出世精神，也有入世、进取、实现生命价值的强烈欲望。

虽说史铁生写了《我的遥远的清平湾》，但他对“寻根”问题的关注，主要不是题材意义上的，而是精神探求上的。他曾表达如下见解：“‘根’和‘寻根’又是绝不相同的两回事。一个仅仅是，我们从何处来以及为什么要来。另一个还为了：我们往何处去，并且怎么去。”对于后一种，他认为，这是因为“看出了生命的荒诞，去为精神找一个可靠的根据”。[①] 史铁生“文革”中在陕北贫瘠山村“插队”，后来因腰疾而下肢瘫痪。肉体的残疾，使他有着健康的人难以得到的体验，他也经历过生与死选择的考验。他有一部分小说，写到伤残者的生活困境和精神困境。难得之处是，他超越了残疾者

① 参见史铁生的小说集《礼拜日》中的《代后记》，华夏出版社1988年版。

对命运的自怜和悲叹，而由此上升到对人类普遍性生存状况的关切。他认识到，有肉体残疾的人与健康的人，在许多方面其实是相通的，这是由于精神的“残疾”是普遍性现象。作家不仅要关心肉体伤残者，更要关心灵魂受伤、瘫痪者。他对人类质朴、自然的东西的追忆，可以从这方面去理解。

史铁生的精神的“根”，其实并没有特别具体的民族感性生活的依据。因此，像《命若琴弦》虽有西北黄土高原的地域背景，实际上是个假托的寓言故事。这一点，莫言与张承志则不同。张承志的几乎所有重要作品，如《黑骏马》《北方的河》《黄泥小屋》《九座宫殿》《金牧场》等，都与生活于草原、黄土高原的蒙古族、回族的历史和现实生活有关。特别是80年代后期、90年代初的创作，他执着地歌颂那些生活于甘、宁、青沙漠边缘的回族牧民、农民，他们怎样为了自己的乡亲而平静地将自己横陈于真主的祭坛之上，怎样在苦难、贫瘠的土地上对自己的信仰坚贞不渝。他的作品，越来越发展前期就已存在的宗教情绪，一种对无法用言语表述的、带有神秘色彩的信念和力量的崇拜。他把自己的一个小说集定名为《神示的诗篇》，并在序言中写道“我确实真切地感受过一种瞬间，那时不是文体的时尚而是我的血液在强求，我遏止不住自己肉躯之内的一种渴望——它要求我前行半步便舍弃一次自己，它要求我在崎岖的上山路上奔跑……”，“在那种瞬间降临时，笔不是在写作而是在画着鲜艳的画，在指挥着痴狂的歌”，而这种瞬间，便来自于不可知的“神示”。[①]这既表述着他关于精神上的体验，又标示他作品的风格：恣肆、色彩华丽的描绘和感情倾泻式的铺陈。

莫言的小说取材于他的家乡山东高密。童年的生活和记忆对他来说是十分重要的。他1985年的《透明的红萝卜》和以后的《红高粱》等，都是关于他家乡的历史和现实的既爱又恨的记忆。有一部分作品，写农村现实生活，农村的情感、生存状态，人的本能受到的压抑和扭曲，如《金发婴儿》《枯河》。另一部分作品，则伸向“历史”，写故乡先人的过去年代（尤其是抗战时期）的传奇生活，这主要是他的“红高粱”系列小说。这两方面的内容，构成整体的对比：先人（“我爷爷”“我奶奶”）生命的热烈奔放，生活的无拘束的传奇性（滥杀无辜，也勇除暴虐；奸淫抢掠，也重情义；绑八路军胶东大队的票，也与国民党冷支队闹摩擦——犹如作家所言，这是“最美丽最丑陋、最超脱最世俗、最圣洁最龌龊、

① 参见张承志：《神示的诗篇》自序，香港：生活·读书·新知三联书店1992年版。

最英雄好汉最王八蛋”的一群），与他们的后代的逐渐孱弱、怯懦，形成明显的反差。莫言将这称为“种的退化”。这种整体性对比，来自于他要从过去寻找、唤回曾有过的民族骁勇血性的冲动，也表现了他对一种人的本性不受拘束的自然生活状态的理想。

四　对艺术形态的影响

文学“寻根”的意识给80年代小说艺术也带来一些新的因素。像莫言、韩少功的一些作品，显然从福克纳、加西亚·马尔克斯那里得到艺术上的启发，如韩少功将生活情景、细节真实描写与象征、寓言的结合，如莫言对叙述方式变换的技巧的运用：用“现在时”和“过去将来时”的叙述来处理“历史”，在叙述者和故事人物、叙述时间和故事时间上形成的复杂关系，以此来强化叙述的角度与意识。

文学“寻根”对小说艺术的影响，从总的趋向上看，是一些作家注意以现代意识去重新审察传统的艺术方法，以之作为艺术创造的主要支柱。这种艺术追求，首先表现为对小说的整体情调、气氛营建的重视。其次，在语言的运用上，向着简洁、平淡、含蓄的方面倾斜。在一些作家那里，从古代小说、笔记中吸取有生命力的语汇、句式成为有意识的追求。有的作家却融进文言的词汇、句式，以烘托生活情景、人物心理的古奥。第三，在小说的章法、结构上，以及叙述方式上，也都有向传统小说取法的明显例子。

汪曾祺在谈到中国古代小说时，认为存在“两个传统”，即“唐人传奇和宋人笔记”。前者是“投入当道的‘行卷’”，情节曲折，文辞美丽，因为要使“当道者”看得有趣，赏识作者的才华。而宋人笔记却“无此功利的目的”，故清淡自然，自有情致。[①]从汪的评述中，可以看出他的褒贬和他取法的趋向。在80年代小说创作中，他属不以情节曲折取胜，而文字又淡雅、节制的一派。

在强调向中国古典美学精神和古代散文、小说学习的作家中，贾平凹也是十分执着的。像《世说新语》《聊斋志异》，以及话本、拟话本等笔记小品、小说的语言和叙述方法，都可以在他的创作中看到影响的痕迹。与汪曾祺等相似，在对生活的体察和表现上，贾平凹也推崇一种“静虚”的、平淡的态度。不过，他对古代传统文化的借鉴，常有过于刻意、尚未达

① 见“中国当代作家选集丛书”中《汪曾祺》一书的《代序》，人民文学出版社1992年版。

到一种独创境界的情况。

阿城也十分重视民族传统文学风格的继承。他对《水浒传》很喜欢，在语言上多有吸收。他的小说语言自然、朴素，但不浅俗；让人物和生活现象直接呈现，而避免感情过分外露。在白描式的叙述中，略带幽默。这种偏于随意然极有控制的方法，在他的《棋王》问世的时候令人耳目一新。到了80年代后期，这便成为一些小说家追求的文体。阿城后来常写作简短的“笔记小说”，也可以看作是古代笔记小品的现代变体。

第十二章　女作家和“女性文学”

一　女作家的涌现

80年代，女作家的大批涌现是引人注目的现象。一些评论家指出，中国现代文学有两次女作家出现的高潮。第一次是五四时期[①]，可以列举的女作家名单包括冰心、庐隐、冯沅君、罗淑、白薇、凌叔华和稍后的丁玲、苏雪林、萧红等。后来，虽然也出现如张爱玲、苏青、陈敬容、郑敏、杨沫、草明、茹志鹃等女作家，但是，再也没有形成一种集中出现的“景观”。这种情况虽难以确定地指明其原因，但下列的因素是可以考虑到的，即在民族矛盾和阶级斗争激烈的时代，女性的问题不会被作为一个突出的独立问题加以提出。社会生活

① 这里的“五四时期”，指五四运动发生的前后和整个20年代。

缺乏必要的“自由度”，群体意识对人的个性的发展与自我意识形成严重挤压，也妨碍了女性心智才情的发展与发挥。最后，文学题材、主题、风格上的种种禁忌，对女性所具有的独特体验的领域的表达，也构成无法超越的限制。上述这些障碍，在80年代多少有所打破，这为女性从事文学活动创造了必要的条件。

80年代的女作家，可约略地区分为三个部分。第一，中老年作家。其中一部分在“文化大革命”前的五六十年代已知名，也有一部分属于“迟到”的作家，她们在“文革”后才表现出创作活力，但年龄已届中年。前者有韦君宜、宗璞、茹志鹃、黄宗英、郑敏、陈敬容等，后者有张洁、谌容、戴厚英、戴晴、程乃珊、航鹰、叶文玲。戴厚英原从事文学理论研究，她最有影响的作品是出版于1980年的长篇《人啊，人！》。在这部作品里，她以人道主义的思想来反思当代的政治斗争，来表现知识分子的遭遇。在80年代初，它是一部引起争议的作品。戴厚英的小说还有长篇《诗人之死》《空中的足音》，以及一些中短篇。程乃珊和航鹰都出生于40年代中期，程乃珊的家庭在旧中国是上海富裕之家。她的作品取材除学校生活外，最主要是中上层的上海人的生活纠葛，如《蓝屋》《丁香别墅》。作品的情调意态流露出上海富家少妇的心理的细腻和满足感。航鹰出生于天津，虽然1970年就开始写作，受到注意则是80年代初，有《明姑娘》《东方女性》等中短篇。她的作品多写爱情婚姻题材，表现的是中国传统的妇女观。她小说中的理想女性，都是具有克己、忍让、贞洁品德的贤妻良母型。她也称自己为“家庭主妇式的作家”。

女作家的第二部分，是所谓“知青”的一群。她们大都出生于50年代前期，经历过“文化大革命”中的插队生活。如王安忆、竹林、乔雪竹、陆星儿、舒婷、张辛欣、张抗抗、铁凝、黄蓓佳、张曼菱、徐小斌等。刘索拉、残雪、蒋子丹等与她们年龄相仿，但没有上山下乡的经历。张抗抗“文革”期间在黑龙江省的北大荒农场生活了八年，她的代表作有中短篇《淡淡的晨雾》《北极光》《夏》《红罂粟》和长篇《隐形伴侣》。在《夏》和《爱的权利》中，涉及有关女性独立意识的问题。铁凝出生于1957年，在“知青作家”中年龄最小。她在“文革”快结束的1975年下乡插队，并开始写作。主要作品有短篇《哦，香雪》，中篇《没有纽扣的红衬衫》《麦秸垛》《棉花垛》等。在城市与乡村、传统与现代、女性的自主与依附等种种矛盾中，她通常表现出一种温和的、摇摆的姿态。

女作家的第三个部分，是出生于五六十年代及以后的，更年轻的一代。历史的沉重阴影自然并不能完全摆脱，但在程度上及处理方式上，已有许多改变。她们中有池莉、方方、毕淑敏、迟子建、刘西鸿等。而陈染、林白、海男则在90年代初引起广泛注意。

统观80年代女作家的状况，一个较明显的事实是，她们的人数和创作的质量，已表现了相当的“独立性”，即相当程度上改变了成为男作家附属，需要男作家扶持、提携的状态。她们共同参与了新时期文学从内容到形式的革新。有一部分作家，其创作成就及创作的“后续力”，都应列入文坛“前沿”作家之列。

二 “女性文学”的概念

80年代女作家的人数和实绩是人们都承认的。但是否存在一种名为“女性文学”的事实，如果存在的话，指的是什么，却有不同看法。中国当代的一些女作家，既不愿意在她们身份前面加上性别的标记，也不愿意承认存在一种可以被称为“女性文学”的实体。她们通常会认为，称她们为“女”作家，说她们的作品是“女性文学”，包含一种贬抑的含义，至少是蕴含着对她们的文学活动的降低水准的“照顾”。另外，她们通常也不愿把她们称为“女权主义者”。[①]

但是，批评界则更愿意把她们作为一个值得认真研究的群体加以谈论。他们认为，这既是出于对事实的尊重，也出于理论上的需要。后者主要指80年代中期以后西方“女性主义文学批评”的传入和应用。批评家敏锐地看到一些女作家的取材、主题、叙述角度和方式上存在的特色，他们的批评活动反过来推动一些女作家对自身处境和女性命运的认知与探索。因而，有关“女性文学”的问题的讨论，就不纯粹是学术上的概念之争了。

在谈到“女性文学”的内涵和指称的对象时，存在着几种不同理解。有的是从“表现对象”的角度来界定的，即认为文学创作中以女性作为主要表现对象的文本，可称为“女性文学”。另一种看法则以创作主体的性别作为依据，即指女性作家所创作的作品。张抗抗曾持这一看法——“妇女文学的概念，仅仅是指女作家的作品”[②]（她排除了男性作家所写的有关女性生活和女性形象的创作）。这种看法的根据是，女作家

① 张辛欣、张洁等，都表示过类似的意见。

② 张抗抗：《我们需要两个世界》，《文学评论》1986年第1期。张抗抗在这里使用了“妇女文学”的概念。

在生理、心理上的特殊性会影响到创作风格。这其实是对“女性文学”的传统看法。第三种理解是，不仅强调作家的性别因素，而且强调作品题材、主题必须是关于女性的，也就是指女性作家描写女性生活的作品。

在80年代，下面的这种理解越来越被重视，虽然对这种看法存在的争议也最多。这种观点在肯定女作家写女性题材作品的前提下，提出“女性文学”是女作家在对女性的历史状况、现实处境和生活经验进行探究、描写时，必须显现一种与男性作家有异的观点、态度，并且采用不同的措辞、“话语”。正如有的批评家所指出的，“女性文学”显示的是女性作为一种“特殊的历史存在”的经验和观点。当然，困难之处在于，什么是女性的“特殊的”观点和“话语”：这个“定义”与其说是为“女性文学”划出了清楚的界限，不如说是使界限趋于模糊。然而，它的意义不在于“结论”，而在于推动作家和批评家对这一课题的探索持更自觉的态度。

三 “女性意识”与文学主题

80年代女作家的创作，显现了在两个方面上的进展。在传统观念中，女作家最擅长于、似乎也只能写“家务事、儿女情”，写一些小哀伤的浪漫故事。80年代的一部分女作家显然要打破这种“偏见”，她们要努力证明自己和男性作家一样，也能驾驭重大题材，把握广阔的社会生活和复杂主题。在谌容、张洁、王安忆、张辛欣、刘索拉等人的部分作品中，都可以看到这种创作意识。谌容“文革”后期出版的长篇《万年青》，就是以当时两条路线斗争的观念来表现农村生活的。她在80年代初为自己确定的创作目标，是“把人间的悲喜剧放在一定的历史范畴，探索决定人物命运的历史渊源，写出更深刻、更本质地反映历史面貌的作品”[①]。在80年代初产生很大社会反响的中篇《人到中年》，以及《永远是春天》《太子村的秘密》《散淡的人》等，都包含有探索“历史悲剧”的思想意旨。张洁有一部分作品也作了把握“重大题材”的尝试。长篇《沉重的翅膀》，曾被誉为“与生活同步”的“力作”。作品完稿于1981年4月，表现的是发生于1980年的围绕经济改革发生的冲突，并且把笔墨写到社会结构上的高层（中央重工业部的部、局领导者），这似乎都在显示女作家的毫不逊色的魄力和胸襟。不过，评论界对《沉重的翅膀》以及《条件尚未成熟》《尾灯》《他有什么病》等作品的推崇，总是言过其实。

① 谌容：《奔向未来》，《文艺报》1981年第5期。

张洁对社会弊端和陈腐观念的抨击虽然犀利、淋漓痛快，但关于社会改革、社会发展和理想人物的思想气质的描写，却很难说有更多独创性的发现。张洁、谌容等的部分创作实践所提出的问题是，女作家究竟应该更多地具有“女性”作家的特色，还是应该清除这种特色？与此相联系的另一个问题是，这种要求与“男”作家一起共同把握一切文学题材、主题的冲动，是“女性独立性的觉醒，还是性别意识尚未真正觉醒的缘故”？

80年代女作家创作的另一方面开拓，是在传统女性作家所擅长的爱情、婚姻、家庭、女性自身命运等题材方面。相比起来，她们在这一领域上的发掘，给当代小说创作做出更值得注意的贡献。

中华人民共和国建立后，大力提倡男女平等，鼓励妇女走出家门，参与社会政治生活。在城镇，妇女就业面相当广。不过，经济落后和政治社会制度的问题，在一个时期掩盖了妇女问题本身。80年代一些女作家从对社会状况的了解和自身的经验中看到，中国当代女性仍生活在一个男性中心的社会（或“父权社会”）中。妇女在社会生活和家庭生活中，仍处于附属的地位，对女性的传统“社会角色”的规范（成为贤妻良母，以柔顺忍耐作为她们品德的最高标准）仍然根深蒂固。在这方面，张洁、张辛欣等作家，都在作品中对此提出质疑。张洁的《方舟》《祖母绿》《七巧板》等作品，涉及女性的爱情、婚姻、谋生，女性的社会地位和独立人格等问题。张洁在80年代初最有影响的作品，是相当感伤的短篇《爱，是不能忘记的》，在1980年的文学界评价毁誉交加，是当时的热门话题。小说写爱情在女性生活中的地位和意义。在婚姻与爱情发生矛盾的情况下，坚持精神的爱，就意味着当事人无尽期的克制和压抑；放弃这种自我折磨实现婚姻的结合，在现实状况下又可能造成对他人的“伤害”，相爱的男女也会因良心受损而难以获得完全的幸福。这个短篇所表现的，其实是女性在传统社会规范中的近乎自虐的精神炼狱。到了中篇《方舟》，张洁转为对男性中心社会观念的猛烈抨击。小说最初发表时有“你将格外地不幸，因为你是女人”的题记。[①] 作品中三个知识女性的“不幸”，有的是不分性别的人们都面临的社会政治问题，另一些则与女性的地位、身份有关。特别是那些开始向男性中心社会规范提出挑战以争取自己独立地位的女性，无疑将感受到这种“格外”的不幸。这是一篇“反叛性”的作品，它用激愤的语言所宣言的是：男人是不可靠的，女人不仅要战胜社会的压力，而且还要战胜忍气吞声的命运。“方舟”

① 后来收入她的一些小说集时，题记被删去。

这个寓意性题目，无疑包含着“自我拯救”的含义。不过，张洁并不总是坚持这种激烈立场。在《祖母绿》中，她以一种脱离了具体对象的永恒，然而抽象、虚幻的爱，来消解女性现实生活和心理的矛盾与不幸。

在张辛欣的《我在哪儿错过了你》《在同一地平线上》《我们这个年纪的梦》《最后的停泊地》这组小说中，女性的职业抱负与家庭、与传统义务的冲突，被集中地提了出来。从表面上看，作为夫妻的男画家与女导演在生活和事业上都处在“同一地平线上”，实际上，女主人公深刻感受到这种不平等“他只要得到家庭的快乐和幸福，而我，却要为此付出一切”，而到头来是失去了自己。在《我们这个年纪的梦》中，那个女校对员在奋斗的挫折中终于放弃对事业的争取，认同传统的家庭关系和女性地位，“有一个丈夫，这本身就是幸福”。但心理冲突并没有停息，她只好不时地拿少女时代所做的脆弱的梦，来抚慰、安顿自己的心，以解脱对生活平庸、无聊的尖锐感觉。

王安忆在事实上也是不希望人们过多注意其性别的作家，她也的确显示了驾驭多种题材的能力。她80年代初的小说，写一个名为雯雯的女孩子的痛苦和希望，以单纯、热情少女的眼光来看世界，这是“自我抒发”的阶段。很快，她便关注更为广阔的社会、人生，写“知青”回城的矛盾、苦恼（《本次列车终点》），改革年代剧团内部的冲突（《尾声》），动荡的社会背景下，人们经济、社会地位升降浮沉所获得的人生体验（《流逝》《归去来兮》）。在1985年的“寻根”中，她的《小鲍庄》也被归入这一热潮的实践。《小鲍庄》借淮北一个虚化了时代特征的小村庄的描述，来表达作家对儒家文化的“仁义”的困境与崩溃的理解。然后，在《鸠雀一战》《好婆与李同志》《悲恸之地》中，又接触上海这个没有“根基”的现代都市的文化特征和深层性格。在1986年以后，王安忆发表了引起很多争议的“三恋”（《小城之恋》《荒山之恋》《锦绣谷之恋》）的三个中篇。类似作品还有后来的《岗上的世纪》，它们都是这一时期成为“热点”的性题材的作品。而《逐鹿中街》《神圣祭坛》《弟兄们》则写到爱情婚姻、夫妻关系、女性意识等问题。这些作品，表现了王安忆“视角”上的一些变化：不仅是社会关系，人的一些基本属性（“自然属性”）对人的命运有深刻的制约关系。这些作品分别探索离开物质（性）“光凭精神会支撑得多远”（《弟兄们》《神圣祭坛》），以及“性力量的巨大：可以将精神扑灭掉”而“维持男女之爱”（《小城之恋》《岗上的世纪》）。在对于女性自主、觉醒等问题上，她的观点和处理方式与张辛欣、张洁都有差异。比较起张辛欣的“投入”和作品中显示的叙述者的女性立场来，王安忆是冷静而旁观的。而当张洁树立起一种精神恋爱和爱情理想（《爱，是不能忘记的》），并给予不幸女性以出路（《祖母绿》中的女主人公捐弃前嫌，投身于对社会、事业无私慷慨的奉献）的时候，王安忆对这种精神力量是否强大和能维持多久，提出了疑问。与《方舟》一样，《弟兄们》也写三位女性靠女性的友谊、互助而摆脱男性中心社会控制的奋斗故事。王安忆没有像张洁那样，为她们的苦斗留下“光明的尾巴”，而是让她们在本能的母性、妻性的“夹击”下终于溃败。在《锦绣谷之恋》中，王安忆不留“情面”地“解构”女编辑对男作家的崇高的精神爱恋：这实际上是因为对方提供了“表现”自己的爱的“舞台”，实际上是一种“自恋”；这种“理想”之爱一旦实现，也就意味着“理想”的毁灭。

在80年代的女作家中，王安忆无疑是最开阔，也是最有潜力者。她进入90年代的《叔叔的故事》，尤其是《纪实和虚构》《长恨歌》等作品，也获得较高评价。

四　形象类型和情绪基调

一部分女作家“性别意识”的增强，给她们的作品的艺术形态，包括形象、情绪基调、叙述方式等，带来相当大的影响。

有些“女性主义”批评家认为，传统文学作品所创造的女性形象常形成两个极端的系列。一是理想女性，她们或天真活泼，或文雅娴静，而且都貌美、善良，都有克己的牺牲精神。另一是恶妇式的，狠毒、冲动、疯狂。这种形象构成，据说是反映了“父权意识”，是在社会和家庭中处于中心地位的男性心目中的女性形象。

虽说在传统文学作品中，“正面人物”和“反面人物”的形象系列其实并不限于对女性，但对女性的这种形象塑造，确实反映一定形态的女性观念。80年代一些女作家也许首先不是从接受“女权主义”理论，而是从自身经验上，对这样的女性形象类型进行有意识的破坏。在张辛欣的作品中，女性那种美丽、温柔、贤惠、无私的理想特征已相当模糊。王安忆的“雯雯”们倒是纯净可爱，不过作家意识到她们在生活竞争中无力保护自己的脆弱。王安忆此后的作品，再没有出现“理想女性”形象，自然也没有“理想男性”。她不想“寻找男子汉”，也不需要将女人“理想化”来证明女性的价值，她要证明的是，她虽然是“女”作家，但并不一定要站在女性的立场上：所有的人不分性别，都是她冷静“解剖”的对象。

在张洁笔下，传统文学作品中理想女性的特征几乎已荡然无存。但那是出于一种激愤而故意“糟蹋”自己所同情的女性。在《方舟》中，除柳泉稍有姿色外，其他都“苍白、干瘪”，并直接，或借作品中人物之口对她们做这样的渲染：“又干又硬，像块放久了的点心，还带着一种变了质的油味”，“就是半夜三更，把她们扔到大马路上，也别担心谁会把她拣了去”，她们的声音，也“一点没有女性的甜润、柔媚”。在张洁的一些小说中，漂亮的女人，以及保护、增加女性美貌的化妆品、饰物，都被置于讥讽奚落的位置上。这种形象特征的变化，是对这样的观念的否定：女人只有以美貌、柔顺取悦于男性，她的存在才有保障。

与这种情况相联系的，是一些作家笔下的男性形象特征也相应发生变化。在一些作品的结构中，被肯定的女人是有执着追求、有丰富内心世界、在精神上处于中心位置的人物，而男性形象则作为被超越物出现。早在丁玲的《莎菲女士的日记》中就出现这样的形象对比结构。张辛欣笔下的男人，也普遍比女人逊色。在张洁的《祖母绿》中，女性反而成为男性的庇护所，男性无法与这些精神上处于优胜地位的女性相匹敌，甚至无法对话、沟通。张洁创造的许多男性，多在与女性的对比中被放置在被贬抑的地位上。但她也还是需要理想的男人形象，如《爱，是不能忘记的》《沉重的翅膀》中所写的。不过，这些人物大都是臆想式的、空洞的偶像。这也许透露了张洁作品中的潜在的意识：女性本不愿这样“糟蹋”自己，如果理想的男性是实有的存在的话。

伤感、困惑、激愤，是女作家表现女性意识的作品通常会有的情绪基调。自然，不同作家选择不同的视角、不同的观点和感情反应，情绪基调也有复杂变化。有的作家（张洁、张辛欣等）常运用女性直接叙述、倾诉的方法（有的作品虽是客观叙述，但叙述者与作品中女性处于同一位置上，是一种“代言人”的叙述角色）。王安忆虽也使用靠近女性人物的视角来叙述故事（如《流逝》），但大多数的时候，她宁愿拉开这种距离。

在中国现代女作家反叛“男性规范”的作品中，最初常出现一种怨愤的情绪：自觉到长期受压抑、歧视之后的抗议和怨恨，以及诉说自身的不幸、愤懑。这种挫折感和怨愤情绪，不仅仅来自女性所感觉到的被“压迫”，而且还根源于她们探索“解放”之路的艰苦漫长（有时甚至是无望）。因而，在《方舟》《他有什么病》及张辛欣的一些作品中，抗议也会转化为困惑。《在同一地平线》中，女导演在争取与男人的事业、精神上平等的过程中认识到，顽强地追求事业的成就，就难免淡化传统女性的妻子、母亲的角色而不被接受；如果只扮演贤妻良母形象，就失去与他“在事业上、精神上对话”的条件而“仍会失去他”。这种困惑在于，觉醒女性将仍然找不到真实、可靠的“归宿”（“停泊地”），那个摆脱不幸的婚姻、想寻找可以寄托爱情的对象而不可得的女演员（《最后的停泊地》）是这种新的困境的寓意。困境不仅来自社会，也来自女性自身。就如张辛欣通过女演员所做的表述：“不管一个妇女怎样清醒地认识和承担着自身在社会、家庭关系中的全部义务，不管我们怎样竭尽全力地争取着那一点点独立的权利，要求和男人一样掌握自己生活的命运，然而，说到底，我们在感情生活里从本质上永远不可能‘独立’，永远渴望和要求着一个归宿。”张辛欣的女主人公失望地承认失败，承认这个感情的流浪者需要男人给予的归宿。张洁的女性不承认这点，却通过对理想男性的想象泄露心中同一的秘密。王安忆则通过对社会历史与女性心理的细微挖掘，冷静地揭示这种追求“独立”的无望：“几千年历史发展到这一步，不是某个人的选择，一定有其合理性……要改变不合理的现状，我们又能拿出什么替代物？”因而，与其说是对妇女传统角色的认定提出挑战，不如说是对企图扭转男性中心地位的努力提出怀疑。这是王安忆在描述这些冲突时，能维持平静、间隔的语调的主要原因。

第十三章　80年代后期的文学概况

一　80年代后期的文学环境

“后期”在这里指的是1987年以后的几年。这段时间的社会状况和文学环境的一些基本特征，在本文的第七章中已经指明，但还有一些细节和变化需要作些补充。

政治控制的松动是已经提到的重要现象之一。当然，有时也还会出现反复。1987年1月，曾发布“关于当前反对资产阶级自由化若干问题的通知”。这一斗争，“着重解决根本政治原则和政治方向问题。即主要是反对企图摆脱共产党的领导，否定社会主义道路的思潮”。在这场政治运动中，比较起以往，作家并未表现过分的慌张失措。在1987年下半年稍后期间，压力又开始缓解，一直到1989年年初，都属80年代的“宽松”时期。

在这种形势下，文学观念调整的进程加速，文学与社会政治的“黏着”状态的关系已相当罕见，读者对文学成为政治载体的做法也不再持呼应、赞赏的态度。自然，由于中国当代社会生活的长期意识形态化，也由于社会尚未建立起让公众表达意见、释放社会性情绪的健全机制和有效渠道，因此，作为政治载体的文学的继续存在是没有疑义的。在80年代后期，报告文学、纪实文学的兴起，可以证明这一点。这种经过想象、渲染所加工过的社会调查和社会新闻，实际上承担了社会调查和新闻的那部分被限制、被禁止的职能。尽管如此，80年代后期，并没有出现“政治文学”重新崛起的气候和事实。

文学界到了80年代后期，统一的文坛实际上已是一种虚构。尽管此前也已存在分化，但表面上仍维持着“统一”的表象。现在，分化成为更主要的事实，已不存在能左右文学界的权威力量和组织机构。中国作协的威望大为下降，尤其是在1989年以后的权力重组中。自然，竭力维护权力“中心”地位的意愿仍存在，收效却甚微，实际上已形成大大小小的圈子：或者是地域的聚合体，或者是跨地区的密切联系，或者是以“文学沙龙”的形式构成的松散团体。自然，越来越多的作家向着更具实质意义的“独立作家”“自由撰稿人”的存在方式靠拢。文学界之间的联系，首先是政治见解的相近，同样重要的还有文学观念、艺术追求上的投合。而文学刊物和出版社，在文学发展中的地位越来越重要，也是它们中的一部分，为“独立作家”和“自由撰稿人”的活动提供必要的条件。文学界出现的这种“离心力”，应被看成具有积极的意义。

在80年代后期，以商业性的大众传媒作为主要流通渠道的“大众文化”（也可称之为“流行文化”）的力量更加强大，并占领了大部分的文化市场，作家又面临着另一次的“重组”“分化”。不仅一批“老作家”退出文学界而成为一种“象征”，就连80年代初还相当活跃，甚至是当时文学代表的一批作家，也已被迫转至边缘。一部分原来写作“严肃文学”的作家，合乎情理地转向大众文学的写作，包括传奇故事、武侠、言情小说和所谓“纪实文学”的写作。严肃文学在社会文化整体中的地位难以与昔日相比，读者也迅速锐减，他们中的许多人将注意力、兴趣转移到繁迫的商业活动与大众文化（影视、通俗小说、流行音乐……）的消费上。

另一个应该注意的事实是，大量介绍外来文学信息、并积极接受其影响的80年代，到了后期，西方20世纪重要文学流派、作家作品，基本上都已登台“亮相”。当然，这种介绍的“完整”与“深度”是不能做过多深究的。这包括小说、诗、戏剧和文学批评的各个领域。代替80年代初、中期人们津津乐道的象征主义、意识流、魔幻现实主义以及俄国形式主义、新批评、结构主义等，现在最引人注目的是解构主义、后现代主义和叙事学。德里达（J. Derrida）、福柯（M. Foucault）、拉康（J. Lacan）等，成为新潮文学家心目中新的“英雄”。从表面上看，追求着与世纪文学潮流“同步”的愿望似已实现。在当代的西方，还有什么未被中国文学界所发现的天地?

政治、社会、经济、文化的上述种种事实，构造了80年代后期的文学环境。这一环境，给当代作家提出许多新的问题。最主要的是，中国作家在几十年的漫长经历中，多少已积累了应付政治压力的经验和心理准备，却缺乏应付这种压力有所放松，以及商品经济发展所带来的大众文化的冲击的局面。长期以来，自觉或被动地按某一确定目标行进，是中国许多作家所熟悉的：不管是按文学规范所确定的轨道，还是反规范的路线。一旦生活在初步的多元文化的格局中，要自己选择目标，这种“自由”反倒使一些人失措。在社会的日益商品化，严肃文学、高雅文学的神圣性下降、地盘日益缩小的情况下，愿意投身文学者不再有趋之若鹜的盛况。这对保卫严肃文学的品格未尝不是好事，但作家也都面临物质和精神上新的困扰。想继续从纷扰的生活表象下寻找人的精神归宿，探索人的灵性得到发挥的作家，不是每个人都有对于窘迫、孤寂处境的思想准备的。而文学创作在逐渐削弱了某些外在的、引起轰动的因素（政治抗议的、社会新闻的）之后，对作家的心智、才能、艺术表现能力的要求也将更加苛刻。还有一个不容忽视的事实是，这十年对西方文学的“接受”的大规模热潮和对传统文化的重视，到80年代末都已经不再以“运动”的形式出现。靠最先移植人们尚陌生的某些概念和艺术方法来确立其创作和批评地位的做法，到这个时期，效果也已大大减弱。现在，留给严肃的作家、批评家的，是比80年代任何时候都要艰难得多的工作，这就是真正的消化、融合、重构的工作。作家的素养、学识、才情，将在新的水平上受到检验。

二　新潮文学：“现代派”小说

对西方的“现代派”文学的热潮，出现于70年代末、80年代初。不过，当时文学界的“接受”常局限于技巧、形式的层面上。在社会和文学都沉浸于政治性反思、批判，并对未来存在理想激情的情况下，不可能对人的焦虑、孤独的命题产生呼应。从王蒙的所谓意识流小说（《布礼》《夜的眼》《春之声》《海的梦》），宗璞的“超现实”小说（《我是谁》《蜗居》），高行健的话剧（《绝对信号》《车站》）以及北岛等的诗中，可以清楚地看到这点。

到了1985年，批评家认为这一年才出现“深受西方现代主义文学影响”的“中国现代派小说”。这指的是刘索拉的《你别无选择》、徐星的《无主题变奏》、残雪的《山上的小屋》，以及莫言、陈村（《少男少女，一共七个》）的一些作品。通常认为，刘索拉、徐星的这些小说，与《麦田里的守望者》《第二十二条军规》存在某种联系。《无主题变奏》的模仿要更明显些。它的主人公从现实生活看到虚伪、庸俗，而对社会流行的观念和传统生活方式采取嘲讽、蔑视的态度。他自愿地退到社会的边缘，以“多余人”的身份表达对社会的反叛。刘索拉的作品，写就学于音乐学院的一群青年人的生活、情绪。他们是在与上代人不同的文化环境中成长起来的，想以自己的价值准则去追求艺术、人生，却与生活环境的荒诞产生冲突，转而也对自身的追求产生怀疑。这些小说，在戏谑、夸张、愤世嫉俗地叙述中来嘲笑以当代价值标准所确立的“崇高”。不过，与满不在乎和洒脱相连的是惶惑和痛苦：他们反叛社会流行观念的“传统”，却也意识到与这些观念、“传统”的无法割断的联系。

残雪在80年代，既不能归入哪一类型的作家（如“知青作家”），也不能纳入哪一种文学潮流（如“寻根派”）。她的父亲在1957年被当作一个“反党集团”的“头目”而开除公职，劳动改造。残雪1969年小学毕业后就辍学，全家被遣送到农村。在80年代初，她也还不是“公职”人员，开着家“个体”裁缝店。虽然学历不高，但靠自学，阅读了大量文学作品。第一篇小说迟至1985年才发表。作品主要有《山上的小屋》《苍老的浮云》《公牛》《我在那个世界里的事情》《阿梅在一个太阳天里的愁思》《黄泥街》《天堂里的对话》《突围表演》等。她创造了一个非现实的、变异的、梦的世界。这个世界是通过一个精神变态者的感觉、眼光构造的。80年代中国大陆的大多数读者面对这个充满恶、丑的意象，语无伦次的梦境、谵语的世界感到惊讶。乖戾、反常的心理描述，将读者带进一个有关人的精神、欲望的内心世界，展示在一定社会文化环境中的人性的卑陋、丑恶的缺陷。残雪以梦展现的心理现实，主要是有关人与人之间关系的内容：人与人之间的难以沟通和他们的对立、冷漠、敌意。这不仅存在于广泛的生活环境里，也存在于以血缘、亲情为纽带的家庭成员之间。残雪创造这个阴暗、潮湿、充满恐惧不安的世界时，并不是运用一种“寓言”的方式，而是以清醒、理智的立场，通过变形、夸张的艺术手法来寓意某种隐义。她更多的是来源于对个人的潜在经验、记忆的注视，一种心理反应产生的情绪。叙述者本身就是以精神异常者的立场来展开对不正常的心理反应的叙述的。因而，它们对读者常产生一种不安、神经质的折磨人的压力。不过，残雪的这个梦的世界其广度、深度都是有限的，特别是从对人性、对人的生命本能的角度去衡量时更是如此。这造成了表现上的某种重复和单一。

三　新潮文学："实验小说"

1987年以后，文学"寻根"作为一股潮流逐渐消退，80年代中期在诗、小说方面出现的喧哗趋于平静。文坛显得沉寂，严肃文学有朝着文学圈子里退缩的趋势。这时，代替寻根小说的，是一些青年作家的明显的"实验"性质的作品的问世。它们或者被称为"先锋小说"，在更多场合则被冠以"实验小说"的名称。

这种小说的观念、方法，可能更多地得益于法国的"新小说"（新小说派作家西蒙1985年获诺贝尔文学奖，他和阿兰—罗布·格里耶的主张和创作在更大范围中被了解）和当时陆续介绍的叙事学。实验小说可以追溯到马原、扎西达娃、洪峰的作品。马原发表于1984年的短篇《拉萨河女神》，是80年代大陆第一篇自觉运用叙事技巧、以叙事作为小说目的的小说。他后来又陆续发表《冈底斯的诱惑》《西海无帆船》《虚构》《康巴人营地》等。洪峰在1985年以后的《瀚海》《极地之侧》也表现了自觉运用叙事技巧的明显倾向。实验小说受到关注，但也有不少非议。它在1987年形成一股潮流，除马原、洪峰的小说外，这一年实验小说的主要作品，还有余华的短篇《十八岁出门远行》《西北风呼啸的中午》和中篇《四月三日事件》《一九八六年》，格非的《迷舟》，孙甘露的《信使之函》，苏童的《桑园留念》《一九三四年的逃亡》《故事：外乡人父子》，以及叶兆言《五月的黄昏》。在此后的两三年里，上述作家还发表了许多作品，如余华的《现实一种》《世事如烟》《劫数难逃》，苏童的《罂粟之家》《仪式的完成》《妻妾成群》，格非的《没有人看见草生长》《褐色鸟群》，马原的《死亡的诗意》，孙甘露的《访问梦境》《请女人猜谜》等。

注重故事性，重视叙事，是实验小说的共同点。他们更关心故事的形式，更关心如何处理这个故事，将小说、叙事本身当作审美对象，在此基础上运用虚构、想象，自觉地进行叙事技巧的探索。与传统小说竭力要创造与现实世界对应的“真实”幻象相反，马原在作品中公开宣称自己的小说是一种编造。“虚构”就是他一篇小说的题目，在这篇小说开头就交代小说材料的几种来源。他在叙述这个故事时，只是写单纯的见闻和过程，叙述一些平面化的印象，强制性地想拆除小说世界与现实世界的“等同”关系。小说中使用的事件、生活细节，常常是已从社会现实上剥离开来。因而，小说中难以看到提出什么问题，难以清理出通常小说对事件联系、因果、本质的暗示，以及有关政治、社会、道德、人性的结论。马原的这种叙事“实验”、操作，后来已很熟练；在语言运用上，也提供了一种简洁、干净、去掉各种修饰的实例，但他也明显地走向对这种熟练“操作”的自我陶醉和迷恋。

格非的《迷舟》等作品，常留给读者许多谜团，使小说呈现神秘感。他安排了故事、动作的连续性，但没有设置、暗示其间的逻辑、因果关系。他试图让读者直接面对事实，却不断拆散可能建立起逻辑联系的线索，取消了对人物行动、故事发展的解释。我们面对的也是从“时间”中抽离的人物、动作、环境。

苏童和格非一样，大部分作品都取材于“历史”，而不大接触现实生活。而余华则大多写“现实”题材。他的作品，常写恶、暴力、残酷和死亡。在表现这种残忍时，他抛开传统的“悲剧”风格和处理方式，而淡化感情，轻描淡写，表现了一种“残忍的才华”。

虽然苏童、余华等的小说也表现了对形式、对叙事本身的浓厚的实验兴趣，但他们作品蕴含的文化内涵仍是丰厚的。笼统地说，在实验小说家的作品中寻找象征、隐喻、寓言，寻找故事所表现的“意义”都将是徒劳的——这种说法，并不合乎事实。在余华、苏童、格非等的不少小说中，对历史和现实的有关社会、人性的记忆常有明显的展示。实际上，离开了后者，以形式、叙事技巧的“实验”作为全部目的，也会走向形式的疲惫和衰竭。这在一些“实验小说”作家那里也有清楚的表现。

四 “新写实小说”

实验小说表现对形式的极度重视，以及不断变革小说叙事技巧的愿望。与此不同的是，80年代后期一些作家则表现了深入考察现实生活情境的趋势。这看起来是两种不同的走向。这些作家的创作，被文学刊物和批评家命名为“新写实主义”或“新写实小说”。较早正式标举这一名称的是在江苏南京出版的文学杂志《钟山》。1989年第3期专设了“新写实小说大联展”的专栏，其《卷首语》称：“所谓新写实小说，简单地说，就是不同于历史上已有的现实主义，也不同于现代主义'先锋派'文学，而是近几年小说创作低谷中出现的一种新的文学倾向。这些新写实小说的创作方法仍是以写实为主要特征，但特别注重现实生活原生形态的还原，真诚直面现实，直面人生。虽然从总体的文学精神来看新写实小说仍划归为现实主义的大范畴，但无疑具有了一种新的开放性和包容性，善于吸收、借鉴现代主义各种流派在艺术上的长处。"虽然"新写实小说"可能与20世纪意大利的"新现实主义"小说、电影有某种联系，但它们之间并不能简单等同。中国80年代的"新写实小说"，注重表现生活在社会下层的普通人的日常生活状态，除了揭示这种生活状态包含的社会政治、经济、文化内容外，也注重由各因素（尤其是传统文化）所制约的人性的内容。与现实主义文学强调概括、集中、"典型化"的主张有异的是，它常有意展开对生活细节的烦琐的、类乎自然主义的描述。这种描述，被安置在较强的故事形态的框架中。这种所谓生活"原生态"的"还原"式描述，因较少筛选、过滤，以其生活本来形态出现而令人震惊，但也因其琐屑、平庸（特别是作品缺乏一种精神境界和力量时）而令读者感到压抑。写"新写实小说"的作家，主要有刘恒、刘震云、方方、池莉等。

刘恒发表小说始于70年代后期，但没有引起人们的注意。1986年其《狗日的粮食》获得好评，始脱颖而出。以后的主要作品有《白涡》《伏羲伏羲》《虚证》《黑的雪》等。他的小说，写农村的居多。《狗日的粮食》《力气》《伏羲伏羲》等，故事都发生在北方山区一个叫洪水峪的村子里。写偏僻山区农民生存的严酷性，写在粮食、金钱、性欲、死亡等人生最基本、也最切近的问题上的困境。刘恒认为，他的小说有许多是“自我反省与自我批判的产物，纯粹个人对人间世事品评的坦白的自供状”。他并想在自己的作品中探索有关人类、历史、文化的抽象命题，他的写作，建立在对包括作家自己在内的人们的具体、甚至微不足道的生活困境的体验的基础上。不过，在他的场景细节逼真且近琐细的描述中，仍有许多象征、隐语，从中扩展为对于诸如村落、种族的进化与退化、人的复仇与破坏、虐待与受虐、本能的压抑与放纵等种种问题的探索。小说的叙述者对所叙述的故事，常流露强烈的困惑心理：出于对健康的人性的向往，应该对人性的扭曲加以批判；但面对导致这种扭曲的历史文化的沉重压力，对个人的困境又多有谅解。这种困惑，带来沉重、痛苦的色彩。写城市知识者性格分裂和心理冲突的《白涡》，也是如此。

刘震云的小说有写乡村小镇生活的《塔铺》，写军营生活的《新兵连》，写官场的《单位》《官场》。刘震云善于从现实的人际关系上写人性的局限，写人在一系列的现实利害面前的复杂微妙的关系、交往，以及他们之间的亲、疏、尔虞我诈、反目为仇，审视这种灰色平庸人生的悲剧。作为80年代后期“新写实小说”的代表性作品的，还有《风景》（方方）、《烦恼人生》（池莉）等。

国家新闻出版广电总局

首届向全国推荐中华优秀传统文化普及图书

大家小书书目

国学救亡讲演录	章太炎 著 蒙 木 编
门外文谈	鲁 迅 著
经典常谈	朱自清 著
语言与文化	罗常培 著
习坎庸言校正	罗 庸 著 杜志勇 校注
鸭池十讲（增订本）	罗 庸 著 杜志勇 编订
古代汉语常识	王 力 著
国学概论新编	谭正璧 编著
文言尺牍入门	谭正璧 著
日用交谊尺牍	谭正璧 著
敦煌学概论	姜亮夫 著
训诂简论	陆宗达 著
金石丛话	施蛰存 著
常识	周有光 著 叶 芳 编
文言津逮	张中行 著
经学常谈	屈守元 著
国学讲演录	程应镠 著
英语学习	李赋宁 著
中国字典史略	刘叶秋 著
语文修养	刘叶秋 著
笔祸史谈丛	黄 裳 著
古典目录学浅说	来新夏 著
闲谈写对联	白化文 著
汉字知识	郭锡良 著
怎样使用标点符号（增订本）	苏培成 著
汉字构型学讲座	王 宁 著

诗境浅说	俞陛云　著
唐五代词境浅说	俞陛云　著
北宋词境浅说	俞陛云　著
南宋词境浅说	俞陛云　著
人间词话新注	王国维　著　滕咸惠　校注
苏辛词说	顾　随　著　陈　均　校
诗论	朱光潜　著
唐五代两宋词史稿	郑振铎　著
唐诗杂论	闻一多　著
诗词格律概要	王　力　著
唐宋词欣赏	夏承焘　著
槐屋古诗说	俞平伯　著
词学十讲	龙榆生　著
词曲概论	龙榆生　著
唐宋词格律	龙榆生　著
楚辞讲录	姜亮夫　著
读词偶记	詹安泰　著
中国古典诗歌讲稿	浦江清　著 浦汉明　彭书麟　整理
唐人绝句启蒙	李霁野　著
唐宋词启蒙	李霁野　著
唐诗研究	胡云翼　著
风诗心赏	萧涤非　著　萧光乾　萧海川　编
人民诗人杜甫	萧涤非　著　萧光乾　萧海川　编
唐宋词概说	吴世昌　著
宋词赏析	沈祖棻　著
唐人七绝诗浅释	沈祖棻　著
道教徒的诗人李白及其痛苦	李长之　著
英美现代诗谈	王佐良　著　董伯韬　编
闲坐说诗经	金性尧　著
陶渊明批评	萧望卿　著

古典诗文述略	吴小如　著
诗的魅力	
——郑敏谈外国诗歌	郑　敏　著
新诗与传统	郑　敏　著
一诗一世界	邵燕祥　著
舒芜说诗	舒　芜　著
名篇词例选说	叶嘉莹　著
汉魏六朝诗简说	王运熙　著　董伯韬　编
唐诗纵横谈	周勋初　著
楚辞讲座	汤炳正　著
	汤序波　汤文瑞　整理
好诗不厌百回读	袁行霈　著
山水有清音	
——古代山水田园诗鉴要	葛晓音　著
红楼梦考证	胡　适　著
《水浒传》考证	胡　适　著
《水浒传》与中国社会	萨孟武　著
《西游记》与中国古代政治	萨孟武　著
《红楼梦》与中国旧家庭	萨孟武　著
《金瓶梅》人物	孟　超　著　张光宇　绘
水泊梁山英雄谱	孟　超　著　张光宇　绘
水浒五论	聂绀弩　著
《三国演义》试论	董每戡　著
《红楼梦》的艺术生命	吴组缃　著　刘勇强　编
《红楼梦》探源	吴世昌　著
《西游记》漫话	林　庚　著
史诗《红楼梦》	何其芳　著
	王叔晖　图　蒙　木　编
细说红楼	周绍良　著
红楼小讲	周汝昌　著　周伦玲　整理

曹雪芹的故事　　周汝昌　著　周伦玲　整理
古典小说漫稿　　吴小如　著
三生石上旧精魂
　　——中国古代小说与宗教　　白化文　著
《金瓶梅》十二讲　　宁宗一　著
中国古典小说十五讲　　宁宗一　著
古体小说论要　　程毅中　著
近体小说论要　　程毅中　著
《聊斋志异》面面观　　马振方　著
《儒林外史》简说　　何满子　著

我的杂学　　周作人　著　张丽华　编
写作常谈　　叶圣陶　著
中国骈文概论　　瞿兑之　著
谈修养　　朱光潜　著
给青年的十二封信　　朱光潜　著
论雅俗共赏　　朱自清　著
文学概论讲义　　老　舍　著
中国文学史导论　　罗　庸　著　杜志勇　辑校
给少男少女　　李霁野　著
古典文学略述　　王季思　著　王兆凯　编
古典戏曲略说　　王季思　著　王兆凯　编
鲁迅批判　　李长之　著
唐代进士行卷与文学　　程千帆　著
说八股　　启　功　张中行　金克木　著
译余偶拾　　杨宪益　著
文学漫识　　杨宪益　著
三国谈心录　　金性尧　著
夜阑话韩柳　　金性尧　著
漫谈西方文学　　李赋宁　著
历代笔记概述　　刘叶秋　著

周作人概观	舒　芜　著
古代文学入门	王运熙　著　董伯韬　编
有琴一张	资中筠　著
中国文化与世界文化	乐黛云　著
新文学小讲	严家炎　著
回归，还是出发	高尔泰　著
文学的阅读	洪子诚　著
中国文学1949—1989	洪子诚　著
鲁迅作品细读	钱理群　著
中国戏曲	么书仪　著
元曲十题	么书仪　著
唐宋八大家 ——古代散文的典范	葛晓音　选译

辛亥革命亲历记	吴玉章　著
中国历史讲话	熊十力　著
中国史学入门	顾颉刚　著　何启君　整理
秦汉的方士与儒生	顾颉刚　著
三国史话	吕思勉　著
史学要论	李大钊　著
中国近代史	蒋廷黻　著
民族与古代中国史	傅斯年　著
五谷史话	万国鼎　著　徐定懿　编
民族文话	郑振铎　著
史料与史学	翦伯赞　著
秦汉史九讲	翦伯赞　著
唐代社会概略	黄现璠　著
清史简述	郑天挺　著
两汉社会生活概述	谢国桢　著
中国文化与中国的兵	雷海宗　著
元史讲座	韩儒林　著

魏晋南北朝史稿	贺昌群　著
汉唐精神	贺昌群　著
海上丝路与文化交流	常任侠　著
中国史纲	张荫麟　著
两宋史纲	张荫麟　著
北宋政治改革家王安石	邓广铭　著
从紫禁城到故宫 ——营建、艺术、史事	单士元　著
春秋史	童书业　著
明史简述	吴　晗　著
朱元璋传	吴　晗　著
明朝开国史	吴　晗　著
旧史新谈	吴　晗　著　习　之　编
史学遗产六讲	白寿彝　著
先秦思想讲话	杨向奎　著
司马迁之人格与风格	李长之　著
历史人物	郭沫若　著
屈原研究（增订本）	郭沫若　著
考古寻根记	苏秉琦　著
舆地勾稽六十年	谭其骧　著
魏晋南北朝隋唐史	唐长孺　著
秦汉史略	何兹全　著
魏晋南北朝史略	何兹全　著
司马迁	季镇淮　著
唐王朝的崛起与兴盛	汪　篯　著
南北朝史话	程应镠　著
二千年间	胡　绳　著
论三国人物	方诗铭　著
辽代史话	陈　述　著
考古发现与中西文化交流	宿　白　著
清史三百年	戴　逸　著

清史寻踪	戴　逸　著
走出中国近代史	章开沅　著
中国古代政治文明讲略	张传玺　著
艺术、神话与祭祀	张光直　著 刘　静　乌鲁木加甫　译
中国古代衣食住行	许嘉璐　著
辽夏金元小史	邱树森　著
中国古代史学十讲	瞿林东　著
历代官制概述	瞿宣颖　著
宾虹论画	黄宾虹　著
中国绘画史	陈师曾　著
和青年朋友谈书法	沈尹默　著
中国画法研究	吕凤子　著
桥梁史话	茅以升　著
中国戏剧史讲座	周贻白　著
中国戏剧简史	董每戡　著
西洋戏剧简史	董每戡　著
俞平伯说昆曲	俞平伯　著　陈　均　编
新建筑与流派	童　寯　著
论园	童　寯　著
拙匠随笔	梁思成　著　林　洙　编
中国建筑艺术	梁思成　著　林　洙　编
沈从文讲文物	沈从文　著　王　风　编
中国画的艺术	徐悲鸿　著　马小起　编
中国绘画史纲	傅抱石　著
龙坡谈艺	台静农　著
中国舞蹈史话	常任侠　著
中国美术史谈	常任侠　著
说书与戏曲	金受申　著
世界美术名作二十讲	傅　雷　著

中国画论体系及其批评	李长之 著
金石书画漫谈	启 功 著 赵仁珪 编
吞山怀谷 ——中国山水园林艺术	汪菊渊 著
故宫探微	朱家溍 著
中国古代音乐与舞蹈	阴法鲁 著 刘玉才 编
梓翁说园	陈从周 著
旧戏新谈	黄 裳 著
民间年画十讲	王树村 著 姜彦文 编
民间美术与民俗	王树村 著 姜彦文 编
长城史话	罗哲文 著
天工人巧 ——中国古园林六讲	罗哲文 著
现代建筑奠基人	罗小未 著
世界桥梁趣谈	唐寰澄 著
如何欣赏一座桥	唐寰澄 著
桥梁的故事	唐寰澄 著
园林的意境	周维权 著
万方安和 ——皇家园林的故事	周维权 著
乡土漫谈	陈志华 著
现代建筑的故事	吴焕加 著
中国古代建筑概说	傅熹年 著
简易哲学纲要	蔡元培 著
大学教育	蔡元培 著 北大元培学院 编
老子、孔子、墨子及其学派	梁启超 著
春秋战国思想史话	嵇文甫 著
晚明思想史论	嵇文甫 著
新人生论	冯友兰 著

中国哲学与未来世界哲学	冯友兰　著
谈美	朱光潜　著
谈美书简	朱光潜　著
中国古代心理学思想	潘　菽　著
新人生观	罗家伦　著
佛教基本知识	周叔迦　著
儒学述要	罗　庸　著　杜志勇　辑校
老子其人其书及其学派	詹剑峰　著
周易简要	李镜池　著　李铭建　编
希腊漫话	罗念生　著
佛教常识答问	赵朴初　著
维也纳学派哲学	洪　谦　著
大一统与儒家思想	杨向奎　著
孔子的故事	李长之　著
西洋哲学史	李长之　著
哲学讲话	艾思奇　著
中国文化六讲	何兹全　著
墨子与墨家	任继愈　著
中华慧命续千年	萧萐父　著
儒学十讲	汤一介　著
汉化佛教与佛寺	白化文　著
传统文化六讲	金开诚　著　金舒年　徐令缘　编
美是自由的象征	高尔泰　著
艺术的觉醒	高尔泰　著
中华文化片论	冯天瑜　著
儒者的智慧	郭齐勇　著
中国政治思想史	吕思勉　著
市政制度	张慰慈　著
政治学大纲	张慰慈　著
民俗与迷信	江绍原　著　陈泳超　整理

政治的学问	钱端升　著　钱元强　编
从古典经济学派到马克思	陈岱孙　著
乡土中国	费孝通　著
社会调查自白	费孝通　著
怎样做好律师	张思之　著　孙国栋　编
中西之交	陈乐民　著
律师与法治	江　平　著　孙国栋　编
中华法文化史镜鉴	张晋藩　著
新闻艺术（增订本）	徐铸成　著
经济学常识	吴敬琏　著　马国川　编

中国化学史稿	张子高　编著
中国机械工程发明史	刘仙洲　著
天道与人文	竺可桢　著　施爱东　编
中国医学史略	范行准　著
优选法与统筹法平话	华罗庚　著
数学知识竞赛五讲	华罗庚　著
中国历史上的科学发明（插图本）	钱伟长　著

出版说明

“大家小书”多是一代大家的经典著作，在还属于手抄的著述年代里，每个字都是经过作者精琢细磨之后所拣选的。为尊重作者写作习惯和遣词风格、尊重语言文字自身发展流变的规律，为读者提供一个可靠的版本，“大家小书”对于已经经典化的作品不进行现代汉语的规范化处理。

提请读者特别注意。

北京出版社